# 溺愛神様と恋はじめます

秀 香穂里

幻冬舎ルチル文庫

JN068705

CONTENTS

✦目次✦





✦カバーデザイン＝コガモデザイン
✦ブックデザイン＝まるか工房

イラスト・六芦かえで✦

# 溺愛神様と恋はじめます

# 序章

きらきら。

ふんわりと目覚めていく意識に眩《まぶ》しい光が射し込んでくる。

朝、なのだろうか。秋冬の弱々しい光ではなく、初夏を思わせるはっきりとした輝きを感じて、ゆっくりと目を開いていく。

ぼんやりと浮かび上がる景色は、なんだか妙だった。

目の前に、格子の観音扉がある。

視線をずらすと、両際に杯《さかずき》が置かれていた。花も供えてある。黄色の慎ましやかな菊を物珍しげに眺め、そのまましばしぼうっとしていた。

通りが見える。ちらほらとひとが行き過ぎ、こちらを見て一礼する者もいる。

誰だろうとか、ここはどこだろうとか、そういう疑問が意識の片隅をよぎるが、それよりも久しぶりに新鮮な空気を吸い込めた気がして、何度も深呼吸した。

大きく息を吸い込むと、清浄な緑の匂《にお》いがして思わず微笑《ほほえ》む。

新緑の季節なのだ。

芽生えていく季節の香りを嗅《か》ぎ取るなんて、いつぶりだろうか。

飽きずに呼吸を繰り返し、通りを行き交うひとびとに見入る。

近くにスーパーがあるらしく、エコバッグを提げているひとが多い。バッグからはみ出したネギや大根、トイレットペーパーにティッシュペーパーを見ているとやけに和む。

ここには、平穏な日常の時間が流れている。

――じゃあ、俺もちょっと外に出てぶらぶらするか。

そう思って格子扉を押し開けようとして、「ん？」と首をひねる。

開かない。扉が開かないのだ。厳重に鍵《かぎ》でも閉められているのか。

ちょうど扉の前にひとがやってきた。初老の男性だ。

「おお、助かった。なああんた、この扉開けてくれないか」

だがしかし、その男性は小銭らしきものを投げる仕草を見せ、ぱんぱんと二回両手を打って目を閉じ、やがて一礼して去っていく。

「聞こえなかったのか……？　ていうか、いまのなんなんだ」

唖然《あぜん》とし、景色を眺め続ける。その後もぽちぽち訪れたひとびとに同じく「扉を開けてくれ」と頼み込んだのだが、誰ひとり耳を貸そうとしない。

それどころか、真面目な顔で一礼して立ち去っていくのだ。

「なんなんだ、いったい……」

見知らぬひとに拝まれるような立場でないことぐらい、自分が一番よくわかっている。

そう、自分は——自分というのは。

自分と、いうのは。

「……俺って……誰、だっけ？」

間抜けな疑問に頭を抱え込んでしまった。

自分が誰だか思い出せない瞬間が訪れるなんて。

腕を組んでうんうん唸《うな》ってみるが、一向になにも思い浮かばない。

名前も、年齢も、住所も。

そうこうしているうちに陽《ひ》が暮れ、夜になり、白々と明けてきた。

たったひとりきり。

格子扉に阻まれて外に出られない状態で呻吟《しんぎん》していたところ、かすかな足音が耳に届いた。

『彼』は、細身のすらりとした体軀《たいく》でなんとも言えず可愛《かわい》い顔立ちをしていた。やさしい目元に伏せ気味の睫毛《まつげ》が思いのほか長い。なめらかな頰のラインが電灯でやわらかに照らし出されている。形のいいくちびるはしっかりと結ばれていた。

年は二十代前半だろう。まだ若い。大学生と言っても通用しそうだ。

その『彼』は年に似合わぬ礼儀正しい仕草で小銭をそっと投げ入れてきて、鈴を鳴らす。

そこでハッと思い当たった。

――鈴なんかあったのか。いままで気づかなかった。

誰も彼もが恭《うやうや》しく礼をしていったけれど、『彼』ほど神妙な面持《おもも》ちだった者はいない。

深く頭を二回下げる。背筋はぴんと伸ばしたまま頭から祈るように。それから拍手を二回。手を合わせて瞼《まぶた》を閉じる『彼』を格子扉越しにじっと見つめていると、やわらかく、かつ真面目な『声』が直接意識に届いた。


『おはようございます、神様。久住優弥《くずみゆうや》です』

『どうか、いま書いている原稿がうまく進みますように』

『それから、今日も健康で過ごせますように』


この『声』を聞けば誰でも願いを叶えてやりたくなるような、そんな庇護《ひご》欲をかき立てられる。

自分もまた、そうだった。

『彼』の言うことだったら聞いてやりたい。その願い、聞き届けてやりたい。

瞼を開けた彼がまっすぐこちらを見つめてきた瞬間、間違いなく視線がかち合った。

「あ……」

開けてくれないか、この扉を。

そう言おうとしたのだが、いましがた耳にしたばかりの言葉がやけにくっきり意識に刻み込まれて、口を開けない。

——神様？　確かにそう言ったな？

『彼』——久住優弥は、しばしその場に立ち尽くしていたが、満足したのか、再び頭を深く下げ、ゆっくりと後ずさりし、すこし離れた場所でもう一度礼をする。

その背中が視界から消えるまで、頭の中は混迷を極めていた。同じ言葉が何度も何度も駆け巡る。

神様？　神様って、誰が？　誰のことを言ってるんだ？

昨日一日の出来事が次々に蘇《よみがえ》る。この扉の向こうに立つひとびとは皆、一様に小銭を放ってきて頭を下げ、両手を合わせていた。

ということは、答えはひとつしかない。

「俺が……神様なのか？」

自分でも気の抜けた声だと思った刹那《せつな》、意識がゆったりと薄れていく。

今日という新しい一日を投げかける朝陽の眩しさを瞼の裏に感じながら。

ここを訪れた中でもっとも真摯《しんし》に願ってくれた、あの『彼』——優弥にまた会いたいと強く念じながら。

# 1

次に意識が戻ってきたのは、おそらく昼過ぎと思われる頃だ。

霞《かすみ》がかった意識で格子扉の外を見る。昨日とさほど変わらない情景だ。

通りを歩くひとびとがちらほら立ち寄り、小銭を投げ入れ、両手を合わせていく。

神様。

今朝方、聞き間違いでなければ優弥はそう言っていた。また来てくれないだろうか。二度も「神様」と呼ばれればさすがに自覚が芽生えそうだ。

なにがどうなって神様になったのか、とんと合点がいかないが。

三十代とおぼしき女性が買い物帰りに立ち寄り、小銭を投げ入れた。自分が神様だというのなら、賽銭《さいせん》箱があるのだろう。そして鈴を鳴らし、二回景気よく拍手し、頭《こうべ》をすこし垂れる。

『彼と仲直りできますように』

『今晩電話がかかってきますように』

こころの声が直接意識に染み込んでくる。

祈りというのはこういうことなのかと身をもって知った。

認めたくはないが、自分は神様、なのだろう。

午後いっぱい優弥が訪れるのを待っていたが、彼は来なかった。がっくりと肩を落とし、あぐらをかいた腿《もも》の上に肘《ひじ》をついてぼうっと過ごす。

やがて昨日のように夕闇が広がり、爽やかな風とともに夜のとばりが降りる。

時計がないからいま何時なのかわからないが、夜も更け、通りにひとが絶えた頃。

とんとん、と格子扉を叩《たた》く音がする。居眠りをしていてしばらくそのままにしていたが、またもとんとんとんと音が聞こえた。

誰かが来たのだ。

ぱっと扉に飛びつくと、白い髪に白い豊かな顎鬚《あごひげ》をたくわえた老人が立っていた。青のポロシャツにスラックスという軽装だ。

「やあやあ、やっと顕現したようですな」

想像していた以上に陽気な声がかかった。

「どなたですか、俺はいったいどうしてここに」

「いろいろ聞きたいことがたくさんあるでしょう。さあ、出ていらっしゃい」

誘われて格子扉に手をかけると、あっさりと開いた。昼間はあんなにも固く閉ざされていたのに。

おそるおそる外に出て、夜更けの空気を胸いっぱいに吸い込む。大きく伸びをし、屈伸運動をし、ようやく生き返った気分だ。

「ふふ、檻《おり》から解き放たれた囚人のようですな」

「まさにそんな気分です。昨日今日と続けてここに閉じ込められてましたから」

「それが私たちの仕事なんですよ」

「仕事？」

「ついてらっしゃい」

老人は先を立って歩き出す。かくしゃくとした足取りを慌てて追い、赤い鳥居をくぐり抜け、周囲の風景を物珍しげに眺め回した。

「見覚えが……ある」

「そうでしょう。もともとあなたが住んでいた町の近くですしね」

「俺が住んでいた……町」

「まだはっきり思い出せないようですな。仕方あるまい。なにしろ転生した直後なんですから」

「転生？」

いま、転生と言ったか？

アニメや小説のファンタジーの世界でお目にかかる、アレだろうか？

「私は大野《おおの》と申します。道すがら、あなたのことも教えて差し上げましょう」

「大野さん……よろしく、お願いします」

「まずはあなたの名前。叶野貴雅《かのうたかまさ》といいます。享年二十八」

「きょ、享年？」

「あなたはいま出てきた神社――深吉《ふかよし》神社の前で交通事故に遭って亡くなったんです。お若いのに惜しいことをした……私ぐらいの年齢ならまあ思い残すこともあまりなくていいんですが」

「あの、大野さんは……何者なんですか」

「神様ですよ？」

可笑《おか》しそうに言う大野がくるっと振り返ってふわりと浮く。地上三十センチほど浮いた大野に腰を抜かしそうだ。

「う、浮いた」

「でしょ？　人間にはこんなことできないでしょ？　私はここからちょっと離れたところにある深名《ふかな》稲荷《いなり》の前で転んじゃいましてね、打ち所が悪くてそのまま亡くなりました。享年七十二。ああ、もう五年生きたかったな。そうしたら喜寿を迎えられたのに。孫ともっと遊べたのに……」

しょんぼりと肩を落とす大野をつい慰めたくなってしまう。

「いやでも、人生七十二年も生きられたらご立派じゃないですか。素晴らしいです。出会ったばかりの俺にもよくしてくれて、生前はきっとたくさんのひとに好かれたんでしょうね」

「はは、友だちは多いほうでしたな。いまも深名稲荷によくお参りに来てくれますよ。孫も来てくれる。すこしずつ成長していく姿を神様として見守るのもなかなかいいものですね」

「じゃあ、大野さんも転生を？」

「はい。この一帯の神社や稲荷は、その付近で亡くなったひとびとが転生して神様をしてるんですよ。ここまでの事情は飲み込めましたか？」

「はあ……なんとか……」

いまいち納得していないことが伝わったのだろう。

「浮いてみなさいよ、あなたも」

「はい？」

「浮け、と念じるんですよ」

「いやでも、誰かに見られたら」

「その心配は無用です。私たちは人間の目に入りませんから。ほら、浮いてみて」

好々爺《こうこうや》が自信満々に言うが、そんなことできるだろうか。

「……う、浮け……！」
強く念じた途端、足元でちいさな竜巻が起こり、ふわっと身体《からだ》が浮かび上がる。
「わ、わ！」
大野より自分が驚いてしまった。
「ね？　できたでしょ。それもこれも私たちが神様だからなんですよ。さっき、鳥居と注連《し》
縄《なわ》をくぐってきたでしょう。あそこを一礼せずに堂々と出入りできるのは私ら神様だけなん
ですよ」
「そういうもんですか……」
地面から十センチほどふよふよと浮いた状態で叶野は頷《うなず》く。
「人間だった頃はあなたも神社やお稲荷さんの前を通ったら軽く頭を下げてたでしょう？」
「そう、ですかね……そんな信心深いほうでも……いやまあ、……車の営業をしていた頃は
結構通ってたっけ……」
「思い出しましたね。そう、叶野さんはとある外車メーカーの営業マンだったんですよ。バ
リバリのやり手で面倒見がよく、情熱家。顧客を大事にすることでも同僚からの信頼は篤《あつ》か
ったんですよ」
「生前の俺、ですよね」
「はい。時間をかけて記憶を取り戻していけばいい。転生前の記憶は神様になってもきっと

役立ちますから」

親しげに言いながらふわふわ進む大野についていき、大きな赤い鳥居の前に到着した。

「都心にある八幡宮や神宮に比べたらちいさなものですが、どうです、立派なものでしょう」

「ですね。手入れもしっかりしていそうだ」

太い柱に触れようとすると、手がすかっとすり抜けてしまう。

「はは、いまの私たちは霊魂ですから。なにものにも触れないし、喋《しゃべ》れる相手は同じ神様だけです」

「なんとも不思議な存在ですね。幽霊みたいだ」

「当たらずといえども遠からず。ただ、幽霊には害をなす存在もいますが、私たち神様は違います。この地域のひとびとを守り、ささやかなしあわせを叶える存在ですよ」

好々爺が言うと妙な説得力がある。

そのままふわふわと参道を進む。すると、社《やしろ》の前に車座になった四人のひとびとが見えてきた。

温厚そうな老婦人、妙齢の美しい女性、あとのふたりは大野より少し年下のおじさんだ。

「皆さん、お待たせしました。ちょうど子《ね》の刻ですね。こちらが新入りの叶野さんです」

「ああ、深吉神社の。まあこんな若いひとが次の神様になるなんて。私は華やいで嬉《うれ》しいですけれども、命のはかなさを思うと」

くすんと鼻を鳴らす老婦人が上品そうな花柄のハンカチを握り締める。クリームベージュのリボンブラウスに若草色のプリーツスカートという出で立ちで、良家のご婦人といったところだ。

「私、花井薫《はないかおる》と申します。そこのスーパーの先にある七乃《しちの》神社の神様をお務めさせていただいております。叶野さん、よろしくね」

「は、はい、こちらこそ。若輩者ですが、よろしくご指導ください」

「あらあらまああ、お若いのに礼儀正しいこと」

花井婦人はころころと笑って、隣の可憐な女性の背をそっと押す。

「彼女は佐藤美香《さとうみか》さん。享年二十四。美香さんも若いのに病気で亡くなって、いまは私の真向かいにある七尾《ななお》稲荷の神様をしているんですよ」

「はじめまして、佐藤美香と申します。人間としてまだまだやりたいことがたくさんあったのですが……志半ばにして病に倒れました。でも、ふと気づいたらいつもお参りに行っていた七尾稲荷の神様に転生していて。いまでは訪れる皆さんの願いを叶えるのが使命だと思ってがんばってます」

長く艶《つや》のある黒髪が印象的な佐藤さんはほっそりとしていて、微笑むと目元がやさしい。生前もよき人物だったのだろう。

残るふたりの男性も、それぞれ近所のお稲荷さんの神様だという。矢作《やはぎ》と小峰《こみね》というごま塩頭の男性はすでに酒を酌み交わしていて、いい気分のようだ。

「さあさあ新人さんいらっしゃい。まま、祝いに一献どうですか」

「いいんですか？　じゃあ……遠慮なく」

差し出された杯を受け取り、なみなみと酒を注《つ》がれる。

「ぐーっといってください、ぐーっとね。神様転生記念として」

「はい」

言われたとおり、ぐっと一気に呷《あお》った。旨《うま》い。切れのある味が全身に染み渡り、あるかないかわからない身体の中心がほわほわと温かくなる。

「皆さん、身体がうっすら光っているのは酒を呑《の》んでいるせいですか」

「ま、そういうことですね。週に一回こうして親しい者同士で集まって呑むのがなによりの楽しみで」

「へえ……あのそういえば聞きたいことが」

「なんだい？」

砕けた様子で矢作が赤ら顔で振り向く。

「俺が深吉神社の神様になったということですが、以前は他の神様がいらっしゃったということですよね。その方はいまどこへ」

「あいつは徳を積んで、昇格したんだよ。いまは出雲《いずも》のほうに行ったんだ」

「そうそう。卯月《うづき》の頃に出雲に呼ばれたんだよな。いいなあ、俺も呼ばれたいぞ。で、アレだ。一週間ほど神様不在の深吉神社だったが、そこへ運よ……いやいや、まあ縁あって叶野さんがあの神社の前で事故を起こしたことで、急遽《きゅうきょ》神様認定されたんだ。引き継ぎされてないあれこれ、あるだろ。わからないことがあったらなんでも俺たちに聞きな」

下町特有の豪快な口調で小峰が言う。聞いてみたら、生前は鮨屋《すしや》の大将だったそうだ。矢作は工務店の社長。

皆、この東京下町の深吉町の住人だそうだ。

「ほんとうは深吉神社の新しい神様もこの町の住人で、と言っていたんだが、なかなか候補が見当たらなくてね。そんなところに隣町のあなたがやってきたんで、これ幸いということになりまして」

大野が親切に説明してくれ、杯にお代わりを注いでくれる。柿の種やポテトチップス、さきいかなどのおつまみも回ってきて、まるで集会所の宴会さながらだ。

大野、花井、佐藤、矢作に小峰。そして自分。

六人の神様で、この深吉町を見守っているというわけか。

「だとしたら、大野さんが皆さんをまとめているわけですか」

「いえいえ、私はまだそんな格じゃありませんよ。私たちの代表神様はこの深美《ふかみ》神社の片桐《かたぎり》さんです。おーい、片桐さん、そろそろ出ていらっしゃいませんか」

「片桐さん、恥ずかしがりなんですよ」

花井婦人が可笑しそうに言う。

皆で社を見守っていると、奥のほうから白い人魂《ひとだま》がふわふわと浮かんで飛んでくる。どこか頼りなさげだ。

そうして叶野たちの前で止まると、きらきらと光を放ってひとの形を成す。

三十代らしき男性。線が細く、豊かな感情をたたえた大きな目が印象的だ。

「あの……ご紹介にあずかりました、深美神社の神様を務めております、片桐義晶《よしあき》と申します」

「おー、片桐さん、久しぶりだな。先週の呑み会には顔を出してくれなかったから寂しかったぜ」

元鮨屋の小峰が破顔一笑して駆け寄り、片桐の背中をバンバンと叩く。

どうやら神様同士なら触れあえるようだ。

片桐はひょろりとした身体にスカイブルーのシャツとブラウンのクロップドパンツを身に着けている。

神様もずいぶんと粋《いき》なスタイルをするものだ。美青年と言ってもいいほどの整った顔立ちをしている。

その片桐がしずしずと近づいてきて、はにかむように微笑みかけてくる。

「深吉神社の神様となった叶野さんですね。片桐と申します。持病があって、よくここにお参りに来ていたんですが、寿命が来てしまいましてね。佐藤美香さんと同じく、病気平癒と無病息災の神様として祀《まつ》られることになったんですよ」

「片桐さんが若くして亡くなったから病気平癒？」

「私が生きていたかった時間を地元の皆さんにお裾分《すそわ》けするという形で。ね、佐藤さん」

「はい。私も皆さんには長生きして欲しくて」

「私と叶野さんは商売繁盛、家内安全担当ですね。矢作さんと小峰さんは交通安全も兼ねてらっしゃいます。ああ、花井さんは子宝と安産の神様でしたね」

「ええ。私、大の子ども好きですから。私のもとに訪れた女性には健やかな赤ちゃんを授けたいといつも願っておりますの」

「なるほど、それぞれに役割があるんですね」

「そんなわけで俺らは神様連合会と名乗っている」

小峰が胸を張って言う。連合会とはまた大きく出たものだ。ヤンキー集団のようにも聞こえるが。

「俺は商売繁盛と家内安全……か。生前は外国車のカーディーラーに勤めていましたから商売とは縁がありますけど、家内安全は自信がないかな。生涯独身で、恋人もろくにいなかったし」

「へえ、叶野さんほどの男前なら恋人のひとりやふたりはいそうなのに」

「なー」

肘をつつき合って笑う矢作と小峰はいいコンビだ。

叶野は照れくさくなって頬をぽりぽりかき、「残念ながらそんなにモテませんよ」と言う。

「彼女がいたら車の運転にももっと気遣って……そうだ、信号無視したトラックと正面衝突して死んだんだ、俺」

「会社の車を運転していたんですか？」と大野。

「いえ、顧客が購入した新車をご自宅に納車するためだったんです。ああ、思い出したらへこんできた。新車の賠償金、俺の保険金で払えるかなあ」

「まあまあ、不慮の事故ですし、そう悪いことにはならないでしょう。あなたが深吉神社に顕現するまでの間、そっと様子を窺《うかが》っていたんですが、叶野さんの会社のひとたちが大勢お参りに訪れてましたよ。皆さん、涙ぐんでらっしゃいました」

「二十八で人生終えて神様かぁ……俺、いったいこれからどうすればいいんですかね」

「それは簡単なことですよ」

「はい、簡単です」

花井婦人と佐藤さんが視線を交わして頷き合う。

「神社に訪れたひとの願いを精査して、ほどよきときに叶えるんです」

「ほどよきとき、って新人の俺にわかるものですか？」

「わかります。もう神様なんだから神力もありますしね。熱心にお参りに来てくださったり、お賽銭をはずんでくれたりする方の願いを優先しても構わないですけど」

「俺、お賽銭はずんでくれちゃう奴の願いは真っ先に叶えちゃうな」

できあがった小峰が、隣の矢作と「なー」と笑う。

「縁切りだけは別ですけども。あれは私たちとは、また違う強い神力を持った神様だけが叶えられることなので、その方面の神社に行ってもらわないと困ります。たまにうちにも、縁切りを願うひとがいますが、たいていは叶えられません。私らはいわゆる地元の繁栄のための神様ですから」

片桐の言葉を神妙に聞く。

すこし頼りなさそうに見えるが、やはり神様のまとめ役だけのことはある。声に説得力があった。

「そういうわけですから、叶野さん、あなたも毎日お参りに来てくださる方の願いを真剣に聞いてやってくださいね。お賽銭をはずんでくれずとも、強く、よき願いごとを叶えたかったらお好きになさってください。顕現したと言ってもそれなりの神力は備わってますから、たいていのケースには応じられると思いますよ」

「わかりました。及ばずながら、がんばってみます」

生というにはふさわしくないかもしれないが、第二の生き方だ。

神様としてどんな願いごとを最初に叶えようか。

今日、昨日と訪れたひとびとの顔を思い出し、最終的に久住優弥に行き着く。

――あの子ほど真面目に祈ってくれた子は他にいなかったな。

もう一度会いたい、優弥に。

「俺の考えひとつで願いごとを叶えてやっていいんですか」

念を押すと、神様連合会の六名はいっせいに頷く。

「法律に触れたり、この世の理《ことわり》を曲げるものでなければ。ちゃんとそのひとの人生に役立つことであれば、叶えてもいいんですよ」

「わかりました。なんとかやってみます」

杯の残りを呷り、叶野は拳《こぶし》でくちびるを拭《ぬぐ》った。

# 2

新人神様としての指導を受けたあと、叶野は賑《にぎ》やかな酒の席からひとり抜けて深吉神社に戻ることにした。大野によると、片桐が珍しく顔を出したことから朝方まで酒盛りは続きそうだとのことだ。

その前に持ち場の神社に戻りたかった。優弥がやってくる予感がしたからだ。

昨日も早朝にやってきていたし。

誰もが寝静まっている夜明け前、ひとり訪れた優弥のことがこころに焼き付いていた。

深吉神社に戻り、ふわふわと格子扉の中に戻る。

自分が神様なのだと意識したら、この狭い場所がなんとなく居心地のいいものに思えてきた。しかし社は古い木造で、色気の欠片《かけら》もない。

たとえばオフホワイトのクッションがひとつでもあったら。壁に海の写真でも飾ったらどうだろう。欲を言えば敷物も欲しい。これから暑い時期に差し掛かるから心地好いゴザでもいいのだが。

人間だった頃のインテリアを思い出し、苦笑する。

クッションにあぐらをかいて、参拝客が来ないときは海の写真をぼんやり眺めている神様。捧げられた御神酒《おみき》を時折舐《な》めるのもある意味オツだろう。

そんなことを考えていたら、聞き覚えのある足音が聞こえてきた。

軽い足取り。スニーカーが砂利を踏む。

パッと顔を上げると——格子扉の向こうに優弥が立っていた。

昨日会ったばかりだが、ひどく懐かしい。

優弥は今朝も礼儀正しくお辞儀し、賽銭を投げ入れる。ちゃりんと放られたそれは綺麗《きれい》な五円玉。

『神様、おはようございます。久住優弥です』

他の人間と違って優弥をちゃんと認識できたのは、彼自身が名乗ってくれたからだといまさらながらに気づいた。

『原稿、躓《つまず》いています。どうか今日はすこしでも進みますように』

『バイトもうまく行きますように』

『今日一日すこやかに過ごせますように』

三つほど願った優弥が、『五円玉で願いすぎかな』と照れているのが伝わってくる。

その姿を食い入るように見つめていた叶野は、彼の艶やかな黒髪がさらりと揺れるのを見逃すまいと扉に張り付いていた。

叶える、叶えてやるとも。

そうするにはもっと優弥のことを知る必要がある。どうかして彼のあとをついていけないだろうか。

深々と頭を下げて帰ろうとする優弥の背中に思わず手を伸ばしかけ、そうか、触れないんだったと気づいて肩を落とす。

この格子扉、開かないものだろうか。昨日は大野が開けてくれたが、自力ではどうにもならないものなのか。

いや、いまの自分は神様だ。『浮け』と強く念じたら浮いたように、『開け』と願ったら開くんじゃないだろうか。

やってみる価値はある。

『――開け！』

強く強く祈りながら格子扉に手をかければ、すっとすり抜け、扉はそのままに外に出られた。神様にできないことはないらしい。

扉が開いてしまったら優弥もさぞかし驚いただろうから、霊魂のまま外に出られたのは僥倖《ぎょうこう》かもしれない。

このまま彼についていこう。

短時間だが神様不在になるものの、社内を見渡せばなにやらご大層なお札が飾られていた。見るからに古びていて、神様の自分でも圧を感じるほどの力を秘めているのがわかる。

流麗な崩し文字で解読できないが、これが留守番してくれるだろう。

自分がいない間に参拝客がやってきたら、このお札が願いごとを代わりに聞き届けてくれる。そんな気がして、「頼んだぞ」とお札に声をかけ、慌ててふわふわ浮きながら優弥のあとを追った。

彼は深吉神社がある街角を折れて細い路地に入り、三分ほど歩いた場所にある三階建ての木造アパートに入っていく。

下町の物件らしく相当年季が入っている。築四十年は経《た》っているだろうか。ひと言で言えばボロい。いまどきなかなかお目にかかれないボロアパートだ。

若いだけにつましい生活をしているのか。

優弥の背後にぴったりくっつき、彼の私室へとおそるおそる入った。

『お邪魔しまーす……』

一応挨拶《あいさつ》をしておいた。神様といえど自分は新人だ。尊大なことはできない。

「ただいまぁ」

優弥が靴を脱ぎ、１ＤＫの部屋へと上がる。

誰か他の住人がいるのかと思ったが、ひとり暮らしのようだ。

ボロい外観からは想像がつかないほど、内側は清潔で爽やかだ。リフォームされているらしく、キッチン兼ダイニングのフローリングはぴかぴかだ。

ちいさなテーブルとスマートな椅子が二脚。奥に続く和室は意外に広く、壁一面が本棚で埋められている。

南向きの部屋なのだろう。陽の光がたっぷりと入る部屋にはデスクも置かれ、パソコンが鎮座している。反対側にシングルベッドがあり、タオルケットがきちんと畳まれていた。

ひとり暮らしにはうってつけの部屋だ。

うんうんと頷きながら室内を見分し、キッチンに立つ優弥のそばへと向かう。

これから食事らしい。コンビニの海苔《のり》弁当をレンジで温め、テーブルで黙々と食べる優弥を見つめる。飲み物はペットボトルのミネラルウォーター。

文句を言うつもりはないが、いささか簡素な食事ではないだろうか。優弥はまだ若い。もっとボリュームと栄養のある食事を取ってもいいのに。

十分ほどで食事を終えた優弥は弁当容器をざっと水洗いしてゴミ箱に入れ、ふああとあくびをしながらバスルームへと向かう。

もしかして、これから眠るのだろうか。

——昼夜逆転の生活なのか？

古いアパートながらトイレとバスが別々になっている。湯を張った浴槽に優弥がのんびり浸かっている間、叶野はそわそわしながら浮いていた。さすがにバスルームの中に入るのは気が引ける。なにせ昨日出会ったばかりなのだし。

食事よりも風呂のほうが好きらしい。優弥は三十分近く長風呂を楽しみ、髪を拭きながら出てきた。

素っ裸の彼を見るのは忍びないので背を向け、着替えが終わるのを待つ。

「はぁ、気持ちよかった」

その声に振り向くと、紺色のルームウェアに着替えた優弥が冷蔵庫から麦茶のボトルを取り出している。

パックの麦茶を使っているようだ。弁当はコンビニのものではあったが。倹約できるところはそうしているのだろう。

グラスに麦茶を入れた優弥はデスクに向かい、パソコンと向かい合う。頬杖《ほおづえ》をつき、じっとモニターを見つめているのが気になって、叶野はふわふわ漂いながら彼の背後に回ってのぞき込んでみた。

「うーん……ここのエピソードってこういう盛り上げ方でいいのかな……」

ひとり暮らしのせいか、優弥は結構ぽつぽつ呟《つぶや》く癖があるみたいだ。そこもなんだか可愛く思えて自分が可笑しくなる。

生前、同性に興味を持つことは一度もなかった。もちろん、友情や信頼関係はそこそこで築いてきたものの、男相手に『可愛い』と思うなんて皆無だ。

なのに、優弥の仕草や言葉にはいちいち可愛いと思ってしまう。

それが自分でも不思議で、だが意外にも楽しい。

彼の肩越しにモニターを見る。横書きの文章が書かれており、ざっと読んだところ、どうも小説のようだ。

――そうか、だから『原稿が進みますように』と祈っていたのか。もうプロの作家なのか？ アマチュアなのか？

今度はじっくり読んでみる。優弥が迷っているせいか、冒頭からゆっくりとスクロールしてくれるおかげで叶野も彼の書く話を読むことができた。

恋愛小説を書いているらしい。遠距離をテーマにし、離ればなれになったふたりがどう気持ちを寄り添わせていくのか、なにがきっかけですれ違ってしまうのか。

書きかけの原稿のようで、ラストまではまだいくつかエピソードがあると判断した。

これでも、生前は大の活字好きだった。カーディーラーの営業マンであった叶野は見識を広げるため、また顧客との話題を盛り上げるために、ジャンル問わずさまざまな本を読んでいた。ミステリーに歴史物、ノンフィクションにドキュメント、純文学にラノベまで。恋愛小説はあまり触れてこなかったが、それでも大きな賞を獲った書籍は目を通している。

もっとも好きなのはミステリーだが、最近は恋愛小説も幅が広い。お決まりのハッピーエンドだけではなく、推理仕立てだったり、ちょっとほろ苦い余韻を残す作品だってあったりする。

乱読派なため活字がそばにあればついつい手に取ってしまうたちなので、優弥の書く作品も貪《むさぼ》り読んだ。

悪くない、素直にいい文章を書いている。

わかりにくい修飾語やたとえを使わず、誠実に、すっとこころに入ってくる言葉を連ねている。

ただ、摑《つか》みが弱い気がするのだ。遠距離恋愛という題材はいかようにもおもしろくできそうだ。主人公の男女が仕事の都合で遠くに住むことになり、そこから生まれる繊細な感情のもつれを書こうとしているのはとてもいいと思うのだが、とくに女性側の気持ちの掘り下げ方が弱い。

もっとこう、揺れてもいいんじゃないか。好きな男と離れて暮らす女性の胸の裡《うち》を深く追い込んでもいいんじゃないのか。

そうアドバイスしてやりたいのだけれど、いかんせん自分は霊体ときている。喋ることはできないし、触れることもできない。

これが普通の人間であれば、「このエピソードをもっとふくらませて、そのぶんこっちをもっとさっくりしたらどうだろう」と口頭で伝えられるのに。

空中に浮かんだままあぐらをかき、腕を組んで呻吟する叶野の存在にまるで気づかず、優弥もまた頭を抱え込んでいた。

「んー……ここを無理やりはしょるのもな……」

キーボードを軽く叩く音が続き、三枚ほど書いたところで優弥の手がぱたりと止まる。

「無理して書き進めるのもよくないか……もうすこし考えよう」

そうだそうだ、そのほうがいい。いまのエピソードはすごくいいから、そこをもっと広げるんだ。

精一杯応援し、のそのそと歯を磨いてベッドにもぐり込む優弥を見守る。

これから寝て、昼過ぎに起きて仕事に行くのだろうか。どんな仕事をしているのだろう。まだ若いから、実家から援助を受けているとか。

わからないことばかりでもどかしいが、昨日出会ったばかりなのだ。

これからすこしずつ知っていけばいい。

「おやすみなさい」

『おやすみ』

実際に触れられるわけではないけれど彼の髪をくしゃくしゃとかき混ぜると、優弥がぱちりと目を開き、叶野が浮いている方向を見上げる。

「……え？」

まさか、気づいたのか？

神様がここにいるってわかったのか？

——俺だ、俺、俺。いつもおまえがお参りしに来る深吉神社の神様がここにいるぞ。

不思議そうな顔であたりを見回していた優弥はひとつ息を吐き、「気のせいか……」と呟いて、タオルケットをかぶる。

やがて、静かな寝息が聞こえ始めた。

彼が深い眠りに就いている間も、叶野はそこに留《とど》まり、寝顔を見つめていた。

ぴくりともしない瞼に、かすかに開いたくちびる。

触れてみたい。話してみたい、優弥と。

神様なんだから、なんだってできるはずじゃないだろうか。

肉体が欲しいと切実に思う。優弥と向き合える肉体が。

——大野さんたちに相談してみるか。

いつまで見ていても飽きない寝顔にくすりと笑いながら、叶野はぷかぷかと浮いていた。

「肉体が欲しい？」

優弥が熟睡したのを見届けたあと、深名稲荷に立ち寄ってのんびりくつろいでいた大野に相談してみた。

深名稲荷は深吉神社よりもこぢんまりとしている。お稲荷さん二体が叶野の姿を見ると、コンコンと嬉しそうに鳴いた。どうやら歓迎してくれているようだ。

「ようこそいらっしゃいました叶野さん、お話は大野神様から伺ってますこん」

「新人さんなんですよね。なにかわからないことがあったら私たちに聞いてくださいこん！」

「はは、ありがとうございます。大野さんのところは賑やかでいいなあ。で、あの、俺が肉体を持つことって可能ですか？　短時間でもいいんだけど……」

無理ですよ、と一刀両断されるかと思ったら、大野は意に反して「簡単簡単」と笑い出す。

「私ら神様ですから。一時的に肉体を持つこともできます。ただし、夜限定ですけどね」

「ほんとうですか！　どうやったらできます？」

「御神酒を飲むんですよ。ほら、うちのだったらこのカップ酒」

見れば大野の社には買ったばかりと思われるカップ酒が二本供えられている。その一本を手にし、大野はぱちんと器用に片目をつむる。

「これをぐいーっといけば、受肉できます。いわば、人間の姿になれます」

「ひとと喋ったり、触ったりすることもできますか」

「できますよ。なになに、喋りたい相手がいるんですか？」

「はい。うちに毎日来て、熱心に願いごとをしてくれる若い男がいるんですが、そいつとどうしても話してみたくて」

「なら、御神酒を。あなたのところにも供えられているから、それを呑むといいでしょう。ただし、効力時間はさっき言ったように夜だけ。陽が昇ったら姿は消えてしまいます。でも、受肉している間は人間と同じことができますよ。そのぶん、神力を発することはできませんけどもね」

「わかりました。ありがとうございます。早速神社に戻って御神酒を呑んでみます」

親切な先輩神様に何度も頭を下げ、早々に深吉神社に戻った。

御神酒は確かに供えられていた。カップ酒ではなく、綺麗な白い杯になみなみと酒が注がれている。

これを呑めば人間の姿になれるのだ。

いつがいいだろう。いまは優弥も寝ている頃だから、また明日の明け方にしてみようか。

彼がお参りに来たら御神酒を呑んで、「初めまして、神様です」と挨拶してみよう。

作戦を練り、その後は真面目に神様としての仕事をこなした。来るひと来るひとの願いごとを聞き、精査する。


『宝くじ、一億円が当たりますように』――要再考。

『彼との仲がもっと深まりますように』――叶えよう。

『上司のパワハラが止《や》みますように』――全力で叶えてやる。

『子どもの熱が下がりますように』――剛速球で叶える。


訪れる参拝客の願いに耳を貸し、ひと息ついた頃にはもう夜だ。

住宅街にある神社なので、夜ともなると途端にひとが途絶える。この近所に暮らしているひとびとが安らかな時間を過ごせるようにと念を送り、まんじりともせず明け方を待った。

神様になってひとつ気づいたことがある。

まったく眠くならない。空腹もとくに感じない。

先日の新人歓迎会では大野たち六人と酒を酌み交わしたが、やはり特別な存在となったからには寝食とは無縁なのだろう。

これは楽でいい。参拝客が本を貢いでくれたら暇潰しになっていいのだが。

朝を待つまで、頭の中で優弥の原稿を何度も思い出し、あれこれ推敲《すいこう》する。

土台は悪くないのだから、いくつか華を添えれば立派な作品に仕上がるはずだ。

そうしてようやく、そのときが来た。

初夏の夜明け前は爽やかで、空も薄い青で綺麗だ。格子扉の中から空を見上げてにこにこしていると、覚えのある足音が聞こえてきた。

優弥だ。優弥だ。

今日の優弥は綺麗なレモンイエローのTシャツにジーンズという清潔な格好だ。可愛くてスタイルのいい優弥によく似合っている。

優弥はいつものように賽銭を投げ入れ鈴を鳴らし、あ、と気づいた顔で肩から提げていたトートバッグから酒瓶を取り出し、供えられている杯を丁寧に交換する。

それから、ちょっと物欲しそうな顔で酒瓶の栓を閉めた。

もしかしたら、結構いけるクチなのか。

そうと知ったら俄然《がぜん》楽しくなってきた。優弥と酒盛りがしたい。

落ち着いた表情で、優弥は両手を合わせる。

『神様、おはようございます。久住優弥です』

『原稿がなかなかうまく進みません。突破口が見つかりますように』

それを聞くやいなや、叶野は格子扉に向かって『開け』と念を送る。まだこうべを垂れている優弥の前で扉がキイッと細く開いたので、これ幸いと杯に手を伸ばす。摑めないかと一瞬案じたが、しっかり手にすることができた。

新しい酒をぐっと呑むと、身体の内側からじわじわと熱が発散していく。幾重にも白い繭《まゆ》を生み出すような感覚を覚え、それに続き、むくむくと腕、胸、腹、足に力が備わっていく。

社が窮屈なので思いきって外に出て、優弥の前に立った。

一瞬、もしかしたら素っ裸なんじゃないかと案じて己《おのれ》の身体を見下ろすと、普通にスーツ姿だ。このスーツ、覚えがある。

車で事故ったときに着ていた紺色のスーツだ。ぱりっとしていて、ワイシャツも真っ白だ。ネクタイは遊びごころのあるサーモンピンク。外車のディーラーだからある程度派手なスタイルも許されていたのだ。

ここに鏡があれば髪を整えることができるのに。栗色に近い地毛を両手でぴしりと撫《な》でつけ、深く息を吸い込む。

準備はできた。

砂利を踏み締める感触が嬉しい。いままで浮いてばかりだったから。両足で地面にすっくと立ち、白い繭を突き破るように両手を伸ばす。

ごそごそと繭を破ると、驚愕《きょうがく》している優弥の顔と突き当たった。

「おはよう、優弥。俺はここの新人神様、叶野貴雅だ」

「……は？　えっ⁉」

　案の定、優弥は目を白黒させている。

「え、え？　え？　か、神様……え？　なんで見えるんですか？　え、これ、夢？　なんかのドッキリ？」

「ドッキリでも夢でもない。ほんとうのことだ。いまおまえが注いでくれた御神酒を呑んで人間の姿に戻れたんだ。とは言っても、今日はあと数分だけ。神様が御神酒を呑んで人間になれるのは夜だけなんだ。だから、大事な話は今夜またあらためて。もう一度御神酒を注いでおいてくれるか？」

　優弥は唖然としていて、ただただ目を瞠《みは》っている。そんな彼に実感してもらうために、髪をくしゃくしゃと撫でてやった。

「これで信じてくれたか？」

「は、……はい、わかりました。あの、ほんとうに……あの、神様……なんですか？」

　こくこく頷く優弥の声が掠《かす》れている。自分で自分の頬をつねり、「いたっ」と顔を顰《しか》めているのが可笑しい。

「そうだよ。三日前からここにいる。いろんなひとが参拝に来てくれたけど、おまえの願いごとが一番胸に刺さった。だから話したいと思ったんだ……ああ、もう朝陽が射し込んでくる。優弥、またな」

終わりのほうは早口になった。すうっと足元から消えていく己を、優弥は茫然《ぼうぜん》と見つめている。信じられない、とでも言いたげな顔で。

それはそうだろう。

いきなり神様が目の前に現れて自己紹介するなんて前代未聞だ。驚天動地だ。夢かドッキリだと言われても仕方がない。

手が完全に消えてしまう前に、もう一度優弥の頭をくしゃりと撫でた。

思ったとおり、さらさらして、指通りのいい髪だ。

「やっと触れた……よかった」

「神様」

「叶野でいいよ」

「か、叶野神様」

「叶野さんでいいってば」

「叶野……さん、……また夜に会えますか？　会えますよね。僕、いつもはこれから帰って寝て、夕方から明け方まではコンビニでバイトしてるんです。でも今日は休みですから、待ってます。いつまでも待ってますから」

「ああ」

完全に消える前になんとか声を発することができた。

約束を取り付けられただけでも、いまはしあわせだ。

その夜、御神酒をもう一度呑んで実体化した叶野は、早速社を抜け出して優弥の部屋を訪ねた。部屋のチャイムを鳴らすと、中からバタバタと慌てた足音が聞こえてきてバタンと扉が開く。

「神様！」

「叶野だってば」

「あ、すみません、叶野……さん」

水色のルームウェアを着た優弥の頰は紅潮している。

「どうぞ上がってください。狭い部屋ですが……お茶か、お酒いかがですか？」

「優弥は呑めるほうだろ？　一升瓶持ってきたぐらいだし。だったらなんか呑もうか。アルコール入ってたほうが気持ちも和らぐだろ」

「そう、ですね。ありがたくそうします。ちょうど美味《おい》しい冷酒があるんです。いまお出ししますね」

丁寧な言葉遣いの優弥がぎくしゃくと支度するのを微笑ましく見つめ、勧められたとおりに椅子に腰掛けた。

「いい部屋だよな。落ち着く」

「あ、ありがとう、ございます。神さ……叶野、さんにそう言われると照れくさいです……。お酒、どうぞ」

綺麗な青のおちょこを差し出されたので受け取る。とっくりを持つ優弥の手がぶるぶる震えていた。

軽くおちょこを触れ合わせ、乾杯する。それでもまだ優弥の頬は強ばっている。

「そう緊張するなって。俺だってまだ神様になった実感あまりないんだしさ」

「そうなんですか？　堂々としてらっしゃるのに……あの、神様を相手にこんなこと言うのは失礼かもしれませんけど……すごく……すごく、格好いいです」

「俺が？」

「はい」

見れば優弥の顔は真っ赤だ。

「背も高くて、精悍《せいかん》な顔立ちで、でも笑うととてもやさしくて。その髪色、地毛ですか？」

「うん。染めてるように見えるよな。ちいさい頃からこうなんだ。優弥の髪もとても綺麗だ。艶のある黒髪、俺は憧れてたよ」

「僕のほうこそ、か、か、……叶野さんみたいな明るい髪色が好きです。ハーフみたいでいいな……」

　ほんとうに格好いい。

　ちいさく呟き、優弥が一気におちょこを呷る。

　その赤い頰をつんつんとひと差し指でつつき、「そんなにガチガチになるなよ」と笑った。

「なんか俺が悪いことしてるみたいだろ」

「す、すみません。まだ夢を見てるみたいで……まさか神様と会えるなんて思わなくて……あ」

　ハッとした顔で優弥がくちびるを引き結ぶ。それから、ますます顔を赤らめる。

「あの、……あのう……叶野さんが深吉神社の神様なんだとしたら、僕の願いごとって……」

「ああ、うん、知ってる」

「全部筒抜けですか……！　う、うわっ、どうしよう、恥ずかしい」

　がばっとテーブルに顔を突っ伏す優弥に大笑いしてしまった。

「ま、気持ちはわかるよ。俺だって生きてる間は神様にあれこれむちゃくちゃ頼んだもん。それこそ、ひとには言えないようなことも」

「……叶野さん、人間だったんですよね。生前があったってことですよね。どんな方だったんですか」

「カーディーラーの営業マン。優弥も知ってるかな。ドイツ車の……」

ブランド名を告げると、優弥がこくりと頷く。

「知ってます知ってます。あんな超高級車の営業マンだなんてすごかったんですね。でも、またなんで神様に……あ、おいくつで神様になったんですか」

「二十八。あの神社の前で顧客に納車するはずの車で事故ったんだ。そういう優弥は？　いくつ？」

「二十三歳です。出身は鹿児島で、大学入学を機に上京しました。いまはコンビニ店員です」

「それだけじゃないだろう。小説、書いてたじゃないか」

「そ、そんなことまでご存じなんですか⁉」

「うん」

にやにやすれば、優弥ははあはあと息を荒らげ、じわりと目を潤ませる。

「うう……恥ずかしくて死にそう……」

「面白かったよ。いい線行ってると思う」

「読まれたんですか」

「ちょっとだけ」

嘘《うそ》だ。じつはモニターに表示された文章は全部読んだし、記憶力もいいので覚えている。

「遠距離恋愛をテーマにしてるんだよな。優弥が鹿児島生まれだってことは、実体験を基にした話？」

「い、いえ、とんでもない、僕なんか恋愛にはさっぱり疎くて」

「じゃまたなんで恋愛ものを書いてるんだ」

「……憧れてて」

ぽそりと呟き、優弥は手酌で酒を注ぎ、おちょこに口をつける。

「昔から自分にはあまり自信がなくて、恋なんて実際には全然体験したことはないんです。いいなと思うことはあっても、その先に進む勇気がなくて……だから、せめて小説の中では夢を叶えたくて。とある出版社の担当さんに原稿を見てもらっている最中で、いま書いている原稿の出来がよかったらデビューさせてくれるっていう話になっているんです」

「そうなのか。だったら余計に力が入るな。距離が離れた恋という設定は悪くない。このまま勢いで書いちゃえよ」

「でも、なんというか、女性の心情に切実感が欠けている気がするんですよね。会いたいのになかなか会えなくて、電話やメールだけじゃ寂しい、つらい、だけど迷惑をかけたくない、でもひと目でいいから会いたいっていうところをもっともっと強く書きたいです」

彼自身、あの原稿の弱点に気づいていたようだ。叶野は編集者でも批評家でもないので、突っ込んだ指摘はしない。

ただ、力にはなりたいと思う。

真面目に毎日お参りにやってきて、原稿と向き合っている優弥。そんな彼にアドバイスするとしたら、どんなものがいいだろう。

腕を組んで空を見つめる。いい色合いに染まった天井から窓辺へと視線を移す。深緑色のカーテンはいま片側だけ開いていて、皐月《さつき》の爽やかな夜風が室内に入り込んでいる。

ふわりと揺れるカーテンをじっと見ているうちに、妙案が浮かんだ。

「……なあ、実際に、会いたくてもなかなか会えない経験をしてみないか？」

「え？」

「俺だよ、俺。俺と擬似的な恋愛をしてみないか」

「叶野さんと？」

「そう、神様になった俺は夜にしかこうしておまえと会えない。昼日中はひとびとの願いを聞き届けるのが役目だからな。俺はこう見えても、まあまあモテてた。と言っても派手に遊んでたわけじゃない。ちゃんと誠実につき合っていたひとが過去にふたりほどいたけど、どちらとも仕事が忙しくて疎遠になっちまったんだ。この数年はご無沙汰《ぶさた》だったから、久しぶりに俺も恋がしたい」

「恋……神様と」

先ほどとはまた違う意味合いでじわじわと耳まで赤くしていく優弥がぎゅっとおちょこを両手で包む込む。そして、そろりと視線を上げた。

「……罰当たりになりませんか?」

「ならないよ。神様の俺が言ってるんだし」

ふはっと吹き出し、身を乗り出す。

「いいじゃないか、恋しようぜ優弥。俺もおまえも男だけど、優弥はいままで会ってきたどんな奴より可愛い。願いごとを聞いていても一途《いちず》なのがわかるし、いい子だ。そんな子と恋ができたら楽しいだろうな」

「からかってるでしょう、叶野さん」

「そんなつもりないって、本気も本気。無論、無理強いするつもりはない。ただなんだ、人生のちょっとだけ先輩として、神様として、おまえに恋愛指南できたらいいなと思ってさ」

「……深吉神社って恋愛成就の神様でしたっけ?」

「さあな。商売繁盛と家内安全は保証するけど、恋愛まで力が及ぶかどうか俺にもわからん。だからこそやりがいがある。俺も神様としてどれぐらいの力を発揮できるか知りたいし」

「僕、実験台ですか」

くちびるを尖《とが》らせる優弥はすこし酔っているのだろう。どこか甘く拗《す》ねた声音《こわね》に胸が弾み、手を伸ばしてその髪を軽く引っ張った。

「嫌か?」

「……嫌じゃ、ないです。だって叶野さん、格好いいし……そのうえ神様だし、僕、反論する余地がありません」

「じゃ、決まりだ。優弥、今日からおまえと俺は恋人同士だ。夜限定の」

「……わかりました。なにから始めればいいですか？」

無邪気に問いかける優弥にむくむくといたずらごころが湧《わ》き起こる。

けっして彼を困らせるつもりはないけれど、彼より大人の男として、ここはひとつ手を出しておきたい。

優弥の手を摑んで立ち上がらせ、ベッドにいざなう。どぎまぎした様子の優弥だが、それでもおとなしくついてきて隣に腰掛け、見上げてくる。

そして、叶野のジャケットの裾をぎゅっと摑んできた。それがなんともけなげに思える。緊張を和らげてやりたいが、自分としてはすこしだけ意地悪がしてみたい。

「叶野さん……」

「しー」

彼のくちびるにひと差し指を当て、それからなめらかな頰へとすべらせる。

片手で頰を支え、顔を近づけていくと、優弥がうろうろと視線をさまよわせるのが可愛い。

その隙を逃すほど馬鹿じゃないから、そっとくちびるを重ねた。

神様としての初めてのキスだ。

「……っ」

優弥が大きく目を瞠った次に、きゅっと閉じる。わずかに抵抗するように叶野の胸に手をあてがってくるが、彼の後頭部を支え、やさしく髪を梳《す》いてやった。

あえかな呼吸を吸い取り、丁寧にくちびるを押し当てていく。浅く呼吸する優弥の身体からすこしずつ力が抜け、叶野にもたれかかってくる。

まだキスの序盤なのに、うぶな優弥には刺激が強いらしい。

彼の頤《おとがい》をつまんで上向かせ、自然とくちびるを開かせる。同性相手だぞという懸念が頭をよぎったが、思っていた以上にやわらかなくちびるの感触に溺《おぼ》れてしまう。

舌を挿し込んでみると、びくんと優弥が身体を震わせる。逃げられないように後頭部を再び支え、もっと深く舌をもぐり込ませた。

「ん……っん……」

狭い口腔《こうこう》内で迷う舌を捕らえ、絡め合う。ちゅくりと淫靡《いんび》な音が響くのがたまらない。

本気で嫌がられたら即座にやめるつもりだった。けれど、優弥は戸惑いながらも叶野の胸にすがりついてきて、懸命に顔を傾けている。

可愛い、ほんとうに可愛い。ちらりとも傷つけたくないし、もっと愛してやりたい。

そう考えている自分にすこし驚いた。

出会って間もない年下の同性を愛してやりたいと思うなんて。

だけど、それもこれも優弥がいけないのだ。庇護欲をかき立てるような無邪気さとけなげさを見せ、初めてだろうキスにも必死に応えようとしている。

ここは大人の男がリードしてやらなければ。

ちろりと舌先で歯列をくすぐり、「ん……」と優弥が甘く喘《あえ》いだ瞬間、彼のうなじをぐっと摑んでさらに上を向かせた。

ねじ込んだ舌を泳がせて優弥を搦《から》め捕り、淫《みだ》らにうずうずと表面を擦《こす》り付ける。たっぷりとした唾液《だえき》を交わし、彼の喉元《のどもと》をひと差し指でくすぐってやると、こくんと飲み干す。

自分の舌は優弥にとってすこし大きいようだ。眉根《まゆね》を寄せつつも上気した顔で胸に両手をあてがってくる華奢《きゃしゃ》な優弥を抱き込み、舌を甘やかに吸い上げる。

「ん……っぁ……あ、……ん……っ」

「いいか？」

「……は、い」

とろんとした目つきの優弥に暴走してしまいそうなのをぐっと堪《こら》え、愛撫《あいぶ》のようなキスを丹念に続けていく。

キスひとつだけでこんなにも蕩《とろ》けていいのだろうか。自分も、優弥も。

のぼせ上がってるなという自覚は十二分にある。

ベッドに腰掛けているのだ。このまま押し倒し、組み敷いて、彼の服を取り去って――というー連の行動が早送りの映像のように浮かぶが、いや、だめだ、自分はまだ新人神様なのだし、疑似恋愛を持ちかけたのも十分ほど前だ。

彼の舌の甘さとやわらかさを存分に味わってからようやく顔を離し、「今日はここまでな」と言うと、優弥が深く息を吐き出す。

「す、ごかった……叶野さん、生前もこんなキス……してたんですか」

「どうだろう。ここまでのめり込んだのは初めてかもしれない」

「……だといいな。他のひとにもこんなキスしてたのかもと思ったら……」

胸に頭をぐりぐりと押し付けてくる優弥が小声でなにか呟く。

それを拾いきれなかった叶野が、「なんだ？」と聞き返すと、目を潤ませた優弥がゆっくり顔を上げた。

色香を滲《にじ》ませた瞳に、かすかに開いたくちびる。理性を打ち砕く表情にやられそうだ。

「……妬《や》いちゃいます。昔の叶野さんの恋人に」

その震える声が胸を撃ち抜く。

おそらく、彼にとってはこれが生まれて初めてのキスなのだ。

ファーストキスを神様に奪われるなんて思っていなかっただろうから、いろいろと案じていることが手に取るようにわかる。

からかってるんじゃないか。悪い冗談じゃないのか。

彼の胸の声が聞こえるようだったから、もう一度だけ軽くくちびるをついばんだ。

「無駄な心配するなよ。神様になった時点で過去は過去だ。いまの俺はおまえだけだ」

「ほんとうに？」

「ほんとうに」

不安そうに揺れるまなざしに微笑んだ。

たった一度のくちづけでこんなにもほだされるなんて、自分でも予想外だ。

湧き起こる熱をなだめるために彼の背をやさしく撫で、「そうだ」と顔をのぞき込んだ。

「擬似的と言っても恋人になったんだ。優弥を俺の仲間に紹介したいんだが、どうだろう」

「仲間？　叶野さんの仲間っていうと神様たちですか」

「そう。みんな気のいい神様たちばかりだよ。……って、あー、優弥は人間だからどうやってあのひとたちに会わせるかな」

神様同士は姿を確認できるが、人間には不可能だ。

できたてほやほやの恋人を大野たちに自慢したい。さて、どうしたものか。

「とりあえず明日の夜、深吉神社に来てくれないか。一番親しい大野さんという神様がいる深名稲荷に案内するよ。大野さんがきっといい案を授けてくれる。そうしたら他の神様にもおまえを紹介することができる」

「神様にご紹介いただくなんて恐縮です」

肩を竦《すく》めている優弥と笑い合っているうちに情欲の波は引き、あとには心地好い穏やかさだけが残った。
いまはこれでいい。焦らずに、じっくりと恋ごころを育てていけばいい。
そう考えて叶野はひとりちいさく笑った。
恋ごころ。
神様になっても、恋をするものなのか。
俗世と縁を切るにはまだまだ時間がかかりそうだ。

3

翌日の夜更け過ぎ、優弥は神社に訪れた。

「今日はバイト、早番にしてもらったんです」

丁寧なお参りとともに御神酒を供えてくれた優弥に礼を告げ、早速杯を呷る。

むくむくと身体の内側に熱がこもり、手足に力が漲《みなぎ》っていく。意識が冴え、胸、腹、腰、両手足にしっかりと肉がつく前に社を抜け出した。

「悪いな、わざわざ」

人間の姿になると自然とスーツ姿になるみたいだ。ぴしりとした三つ揃《ぞろ》いのスーツを纏《まと》う自分に、優弥はぼうっとした目つきだ。

「どうした、俺に見惚《みと》れたか？」

ちょんちょんと額《ひたい》をひと差し指でつつくと、優弥がぱっと頬を赤らめる。

「そ、そういうわけじゃ」

「全部顔に出てるぞ優弥。おまえ、素直だよな」

「……もう。意地悪言わないでください」

「ごめんごめん、じゃ、深名稲荷に行くか」

肩を寄せ合い、夜道を歩く。下町のこのあたりは午前零時を過ぎると途端にひと通りが絶える。しんと静まり返った通りにふたりぶんの足音だけが響く。

ブルーの七分袖シャツにチノパンという格好の優弥を眺め、「ずいぶんきちんとしてきたんだな」と言うと、優弥は照れたように頭をかく。

「神様たちにお会いするわけですし。失礼があったら申し訳ないと思って、持ってる服でも真っ当なものを着てきました。僕、変なところありません？　叶野さんみたいにスーツを着てきたほうがよかったですか？　と言っても冠婚葬祭用のブラックスーツしかないんだけど」

「いいっていいって。そんなにかしこまった集まりじゃないしさ。ああ、ほらここだ。深名稲荷。おーい、大野さん」

呼びかけると、社を守る二匹の狐《きつね》が「こんばんはですこん！」「叶野さんのお連れの方はどちら様ですかこん？」とはしゃぐ。

もちろん、普通の人間にはなにも聞こえないはずだ。

「俺の恋人。と言っても訳あって一時的なパートナーなんだけど」

「恋人！」

「それは大ニュースですこん。大野様、大野様、起きてくださいこん！」

どうやら大野は社の中で眠っているようだ。ふああとあくびする気配に続いて、「どうしたんだ、叶野さんじゃないか」と大野本人が霊体としてふわふわ社を出てきた。

「うう、寒気がする……」

優弥は両肩を竦め、ぶるりと震えている。大野の気配を感じ取っているのだろう。

「早いところ大野さんも御神酒を呑んでくださいよ。優弥が怖がってる」

「ふっふっふ、私の神力もなかなかのものですな。よし、呑むとしましょうか」

大野は供え物のカップ酒をぐいーっと一気に呷り、ぷは、と満足そうに息を吐く。みるみる間に肉体が現れ始め、穏やかな老人の姿となった。

「はじめまして、こんばんは」

青のポロシャツにスラックスという格好の大野を目にし、「うわ!?」と優弥は声を上げ、後ずさりした。

「大丈夫大丈夫。相手は神様だ。悪いようにはけっしてしないよ」

ぽんぽんと優弥の背中を叩く。

「彼が久住優弥。二十三歳の小説家志望で、いまはコンビニのバイトをしている。真面目でやさしく、なんと言っても可愛い」

「可愛い」

鸚鵡《おうむ》返しの大野がぷっと吹き出す。

「肩入れしてますな、叶野さん。もしかして、ほんとうに好きになったのでは?」

「え？　いや、あの、まあ、なんていうか、流れで擬似的な恋人になったんで、大野さんたちにも紹介しておこうと思って。——優弥、大野さんが見えるか？」

「はい……すごくやさしそうなおじいさまです。深名稲荷の神様も人間の姿になれるんですね」

「御神酒の力だよ。優弥君、君はうちにもよくお参りに来てくれるでしょう。このカップ酒を供えてくれたのも君だし。神様連合会で、久住優弥という人物は高評価なんですよ」

「ありがとう、ございます」

顔を強張らせたまま腰を九十度に曲げてお辞儀をする優弥に、大野は鷹揚《おうよう》に笑う。

「緊張しなくていいよ。これから会わせる神様も楽しい奴らばかりだ。きっと、久しぶりに生きてる人間と喋れることに興奮するだろうな。さあ、この榊《さかき》を持って」

祀られていた榊を手渡された優弥は不思議そうな顔をしている。

叶野と大野が見守っているうちに榊はぽうっと明るく灯《とも》り、優弥の驚いた顔を照らし出す。

どういう仕組みだろう。これも神様の力のうちか。

「綺麗です……」

「なんだか季節外れのクリスマスツリーみたいだな」

「この榊があれば、神様連合会の面々も見えるようになるよ。行こう」

三人並んで、ご近所の神様たちが集う深美神社へと向かう。

大野と叶野に挟まれた優弥はぎこちない表情で握り締めた榊を見つめ、無言だ。

その気持ちはよくわかる。

あまりの急展開に声も出ないのだろう。

自分だって神様になったばかりだ。死んだという実感すら湧かないうちに神様に転生し、昼間は霊体としてひとびとの願いごとを聞き、夜は御神酒を呑んで肉体を持つ。

「生きてた頃は神様ってもっとこう……なんだか曖昧《あいまい》な存在というか……こころに住んでいる存在だったな。姿形は見えないっていうか。お寺に行けば仏像があるから拝む気持ちもわかるけど、神社はそういうの、とくにないでしょう。だから、いま自分が神様になったっていうのも不思議な気分だ」

「神様にも格があってね」

大野がにこにこしながら振り返る。

「各神社や稲荷で徳を積んだ神様は出雲に呼ばれて全国各地のまとめ役になる。たとえば、大きな天災から人間を守るとかね。うちや叶野さん、神様連合会には荷が重い願いごとを叶えてくれる」

「神様にもランクがあるのか。なんだか人間の社会とあまり変わりませんね」

「そうそう。パワハラもたまにありますよ。横暴な神様が格下の神様に訴えられて、出雲に呼ばれてこっぴどく叱られたり。私ら地域の神様は人間とさほど変わらない。あの世とこの世の狭間《はざま》にいるような存在ですよ」

「なるほど……」

わかったようなわからないような。

とりあえずいまは夜だけでも肉体を持てるのだから、不満はない。

「さあ、ここが深美神社です。優弥君、なにか感じますか？」

「静謐《せいひつ》な空気というか……。叶野さんや大野さんのところはふらりと立ち寄りやすいですが、ここはもうすこし違う気がします。あの、けっして失礼な意味ではなくて」

「はは、わかってますよ。大丈夫。深美神社の神様は神様連合会会長だからね。私らのまとめ役、いわばリーダーのいる神社なのでぴんと背筋が伸びますよ。おっ、今夜は花井婦人と小峰さんがいるみたいだ。おーいおふたりさん、こんばんは」

大野が手を振ると、遠くで人魂がゆらゆら揺れる。

「ひっ」と声を上げる優弥の背中をゆったり撫で、「大丈夫大丈夫」といざなった。

「優弥君、その榊を持っていれば花井婦人たちの姿もじきに見えますよ。怖がらないで」

「は、はい……」

社に近づくと人魂がみっつ。

「その榊を近づけてごらんなさい」

大野の言うとおり、優弥がおそるおそる人魂に榊を近づけると、人魂がふわりとふくれてそれぞれひとの姿になる。

　花井婦人、小峰、それに神様連合会のリーダー、片桐だ。

「こんばんは、皆さん。今日も酒盛りですか？」

「いえいえ、今夜は単なるお喋りに立ち寄ったんですの。うちにお参りに来ていた若夫婦が赤ちゃんを授かりましてね。それが嬉しくて、片桐さんに報告に参りましたのよ」

　花井婦人が顔をほころばせながらそう言うと、小峰と片桐が嬉しそうにうんうんと頷く。

「新しい命の誕生には何度立ち合ってもいいものです。叶野さん、そちらの方は？　まだ人間ですよね」

　片桐の問いかけに、「はい」と優弥の肩を抱き寄せる。

「今日から俺の恋人になりました、久住優弥、二十三歳の活《い》きのいい人間です」

「競りに出された気分です……」

　神妙な顔つきで、優弥が三人の神様たちに頭を下げる。

「初めてお目にかかります。あの……深吉神社の叶野さんと一時的に恋人関係になった久住優弥と申します。至らぬところが多々ありますが、どうかよろしくお願い申し上げます」

「優弥君、うちの神社にも来てくれてるでしょう。あなたの御神酒、とっても美味しいわ」

「うちにもうちにも」

「うちの深美神社にもね。礼儀正しい好青年として、神様連合会で優弥さんは人気者ですよ」

人見知りするたちの片桐ですら、優弥の登場には頬をゆるめている。きっと、普段の行いをきちんと見ているのだろう。

神様たちに歓待されて、優弥はほっとした顔だ。

「それにしてもまたなぜ恋人同士に？　一時的な関係とは？」

片桐が軽く腕を組む。

「じつは優弥、小説家を目指してるんですよ。いま書いているのは遠距離恋愛がテーマの小説。だけど、ヒロインの心情がうまく表現できないって言うんで、俺が夜だけに会える恋人となって相手役を務めようと思いまして」

「あらあら、ロマンティックな話なのねえ。いいわね、若いひとたちは。たくさん恋をしなくっちゃ」

花井婦人がはしゃぐ隣で、ごま塩頭の小峰もにやにやしている。

「初々しいカップルはいつ見てもいいもんだ。優弥君なら俺も賛成。この辺の神様ならみんな優弥君を知ってるぞ。道祖神にだってお辞儀してくれるだろう。いまどき珍しいぐらいいい子だって評判だぞ」

「小説……、私も好きです。生きている間はずいぶんと多くの小説に楽しませてもらいました。優弥さんの小説も今度ぜひ読ませていただけませんか。現世に生きる方の生き生きとした文章に触れてみたいです」

美形の片桐に請われ、優弥は必死にこくこく頷いている。

「神様に読んでいただけるなんて恐れ多いですが……もう叶野さんに読まれているので。最後まで書き上げたら持ってきます」

「お待ちしてますよ。叶野さんの今夜の訪問はできたてほやほやの恋人自慢大会ですか？」

「はい、まさしく」

「ふふ、あなたは度胸のある方ですね」

「神様になって間もないのに人間と恋に落ちるなんて、なかなか聞かない話だぞ」

小峰にからかわれてちょっと恥ずかしい。さすがに浮かれすぎだろうか。

擬似的な恋人とはいえ、優弥を愛《いと》おしく思っているのは真実だ。

神様と人間の恋。行く手になにが待つかわからないが、夜だけに交わす他愛ない触れ合いが優弥に役立つなら手を貸したい。

しばしの間歓談を楽しみ、丑三《うしみ》つ時《どき》を過ぎた頃、世にも不思議な体験をして上気した顔の優弥をアパートに連れ帰ることにした。

「お疲れ優弥。気を張っただろ」

「すこし。でも神様の皆さん、とてもよい方ばかりで安心しました。普段、あちこちの神様にお辞儀するのが癖になってるんですけど、実体を知ったらますますこころを込めてご挨拶しようという気分になりました」

「おまえはほんとうにいい子だなあ」

アパートの玄関で靴を脱ぎながら前に立つ優弥の頭をくしゃくしゃ撫でると、ぐーっと景気のいい音が響く。

「う」

「もしかして、いまのって優弥の腹の音？」

「す、すみません。今夜神様たちにご挨拶に行く前から緊張していて、夕食を取っていなかったから……コンビニ、行ってきます」

背後から見ていても優弥の耳先が真っ赤なのがわかる。

「まあまあ待て待て。冷蔵庫になにもないのか？」

「お恥ずかしいですが、ろくなものがないんです……冷凍した鶏肉と、あ、あと三日前に買ったたまごとタマネギぐらいしか。あと、めんつゆがあります。僕、料理が下手なんですよね」

「たまごと鶏肉、タマネギか。上出来だ。俺が作ってやる」

「叶野さんが？　ほんとうに？」

途端にわくわくした顔になる優弥が可愛くて、額にちゅっとくちづけた。途端にぽっと頬を赤く染める優弥の新鮮な反応がなんともいい。

「エプロンあるか？」

「一応。持ってきますね」

抽斗《ひきだし》つきのベッドから折り畳んだ水色のエプロンを出して、優弥が差し出してくる。

ジャケットを脱いで椅子の背に掛けてネクタイをゆるめ、エプロンを纏う。ワイシャツの袖《そで》を肘までまくり上げ、ちいさなキッチンに立った。ガスコンロは二口。調理台はまな板がぎりぎり置ける広さだが、問題はないだろう。

アシストしてくれる優弥が電子レンジで鶏肉を解凍している間にたまごを溶く。ごはんはパックのものがあるというので、それを使うことにする。

「解凍できました」

「お、よしよし。こっちにくれ」

片手鍋にめんつゆを落とし、鶏肉とタマネギをぐつぐつと煮込む。いい匂いに優弥が鼻をうごめかせている。手早く溶きたまごを広げ、ほどよい加減の半熟になったところで温めたパックごはんを盛り付けた茶碗に載せた。

「はい、親子丼のできあがり。茶碗だけど」

「わ……！ すごい、叶野さんすごいです。数分でできた……」

嬉しそうに顔を輝かせている優弥を見ていたら、なんだか自分まで腹が減ってきた。神様の状態のときは空腹を感じないのに、肉体を持つとなるとやはりエネルギーが必要なのだろう。

「俺も食べていいか？」

「もちろんです。今度は僕が作りましょうか？」

「いい、いい。今夜は俺がちゃちゃっとやっちゃうよ。優弥は先に食べてな。冷めないうちに」

「すみません、ありがとうございます。いただきますね」

ひと足先にテーブルにつく優弥を視界の隅に置きながら、もうひとつ親子丼を作る。とろっとした半熟たまごがなんとも美味しそうだ。

優弥が三分の一ほど食べたところで、叶野も食卓についた。

「いただきます。……ん、旨い。腕は落ちてないみたいだ」

「ほんとうに美味しいです。叶野さん、生前も料理好きだったんですか」

「ああ。仕事柄外食も多かったから、休みの日はよく自炊してた。こういうシンプルな親子丼や焼きおにぎり、たまご焼きなんかが無性に食べたくなるんだよな。焼きおにぎりを作り置きして、朝出かける前にレンチンしてぱくついてた」

「手際がいいんですね。僕はコンビニ弁当のお世話になってばかりです。勤め先で、賞費期限切れで廃棄処分しちゃうお弁当をよく分けてもらうんです。節約にもなりますし」

「ひとり暮らしだもんな。偉いぞ。でも、弁当ばかりだと飽きるだろう」

「はい……だからたまにパックごはんでお茶漬けを作ったりたまごかけごはんにしたり、ラーメンを作ったりぐらいのことはしますけど、お味噌汁《みそしる》を作ると噴き零《こぼ》しちゃうし、肉や魚を焼くと絶対に焦がすし」

「だったら、恋人期間中は俺が料理を作ってやるよ」

「そんな。神様に料理までしてもらうなんて」

慌てている優弥にくすりと笑い、「好きでやることだから気にするな」と言った。

「一緒に深夜スーパーに行って食材選びをしよう。優弥はなにが好物なんだ？　リクエストはあるか？　たいていのものは作れるぞ」

「えっと、……だったら……か、……」

「か？」

照れくさそうに優弥はもじもじしている。

「カレー、……食べたいです。ひとりだとレトルトしか食べないから」

「そんなものでいいのか？」

「はい。鍋いっぱいに作ったら明日も食べられるし。カレーなら僕もリメイクできます。カレーうどんとか」

「そっか。だったら明日の夜はカレーを作ってやるよ。二日間たっぷり食べられるぐらいに。ニンジンもジャガイモもタマネギも大きめに切ったポークカレー」

「楽しみです」

声を弾ませる優弥が、「片づけますね」と食べ終わった食器をシンクに運んでいく。それから冷えた麦茶を出してくれた。

「普段この時間はコンビニでのバイトか。結構大変だろう」

「ええまあ。ちいさな店舗なんですが、商品数が尋常じゃないんですよね。宅配便の受付や公金の扱いもあるし。切手やはがきの販売もあったり、煙草やお酒販売の年齢確認もあったり。食品関係は賞味期限や消費期限の時間に注意を払ってます」

「思ってた以上に重労働だよな」

「でも、廃棄扱いになるお弁当をもらえちゃうのはありがたかったりします。賞費期限から一時間過ぎただけなのに捨てちゃうってもったいないと思いませんか。もちろん、衛生的には大事な問題なんですけど」

「確かに。いつ行っても食べられる弁当があるのは助かるけど、時間をちょっとでも過ぎた売れ残りは全部捨てるっていうのもなぁ。手料理みたいにリメイクできないし」

「僕がもっと料理上手になればいいだけの話なんですけどね」

苦笑する優弥が氷の入った麦茶のグラスをからりと揺らす。

それからふたりの間にすこしの間沈黙が落ちた。

もう遅い時刻だ。優弥を寝かせてやらなければ。明日も仕事があるのだろうし。

「なあ優弥、明日も仕事だろ」

「……休み、です」

「え？」

「休みです。明日と明後日《あさって》はバイト休みなんです。だから……あの……」

優弥がもどかしそうに口を開いたり閉じたりする。

まさか、引き留めてくれているのだろうか。

「叶野さん……」

その胸中がわからないほど子どもではないので、彼がグラスを摑む手をゆっくりと覆った。

優弥らしいやさしい温もりが伝わってくる。肉体を持っていなければわからない感覚だ。

こわごわと優弥が見上げてくる。

「……そばにいて欲しいのか？」

こくりと彼が頷いた。

「よかったら、……もうすこしだけそばにいてくれませんか。僕もこの数日の出来事で頭が混乱していて……でも叶野さんとこうして一緒にいると安心します」

「安心だけか？」

摑んだ指先にきゅっと力を込める。

自分だって離れがたい。叶うならば霊体に戻ってしまう朝までずっと一緒にいたい。

「じゃあ、一緒にテレビでも観るか」

黙っていたら気まずくなりそうな雰囲気を吹き飛ばすように、わざと明るい声を作る。

「深夜帯だろ。昔の映画でも流してるんじゃないか」

「で、でも、今日はあまり面白そうな映画はやってないです。朝刊でテレビ欄をチェックしてみましたけど」

「じゃあゲームは？　優弥、ゲームはやらないのか。なんかハードはないのか？」

「ない……です。ゲームはスマートフォンでソシャゲをちょっとやるぐらいで」

「それなら、おまえの小説の添削でもするか」

畳みかけると、目尻を赤くした優弥がうつむく。

「意地悪、言わないでください、叶野さん……」

もっと、そばにいたい。

そう言いたげに優弥は両手をもじもじと擦り合わせている。些細《ささい》な仕草すら、いじらしく見える。

「僕……ファーストキスだったんですよ。お試しの恋人である僕にあんな強いキスを仕掛けてくるなんて、ずるいです」

小声で言われてばくんと胸が跳ねる。

「神様が僕の目の前にいるって事実も、一時的にでも恋人同士になれるなんてこともまだうまく飲み込めないのに、あんな……あんなキスされたら、忘れられなくなっちゃうじゃないですか……」

愛おしいと思う相手にすがるような目つきをされて、知らぬ振りをすることは不可能だ。

優弥より大人ではある。だから自制することもできる。

とはいえ、いまはほとばしる感情にブレーキをかけたくない。

新人神様という頼りない存在だとしても、優弥に寄り添いたい。

「叶野さんがほんとうにここにいるってこと、……もう一度、教えてください。僕に信じさせてください」

「擬似的な恋愛関係を持ちかけたのは、俺だもんな」

責任を取るよ。

そう続けると、優弥が恥じらうように頷き、テーブルを立ってそばに立つ。ぎゅっと拳を握り、緊張している様子だ。

叶野はその腰をしっかり摑んで自分の膝《ひざ》に座らせた。

「俺がなにをしでかすかわからないぞ」

「……叶野さんなら。だって神様でしょう？」

純粋に赤らんだ頰を両手で包み込み、そうっとくちづける。

は、と息を漏らした優弥が一瞬身体を強張らせるが、次にはくったりと甘えるように抱きついてくる。

華奢な背中を強く抱き締め、ちいさな口の中を蹂躙《じゅうりん》し始めた。

この間よりももっと深いキスを。

「……ん、ん……っ」

最初から舌をきつく搦め捕ると優弥が息を荒らげ、必死に応えてくる。

くちゅくちゅと舌を絡めてきて表面を擦り合わせる。そのつたなさがとても可愛い。経験のなさを情熱でカバーしようとしているのだ。

「優弥、ベッドに行こう」

顔中真っ赤にして頷く彼の腰を抱き寄せ、シングルベッドに向かう。

ふたりでベッドに腰を下ろす間も絶え間なくキスを続けた。ちゅくりと淫靡な音を響かせ、舌を吸い合う。脳内をかき回すようなディープキスに優弥が夢中になっているのがわかる。叶野の背中にしがみつき、はっ、はっ、と息を切らす。

とろりとした唾液を混ぜ合わせ、互いにこくりと飲み込む。叶野の熱が優弥に、優弥の熱が叶野に伝わり、すこしもじっとしていられなくなる。

優弥の髪を両手でくしゃくしゃとかき混ぜ、ベッドに組み敷いた。

自分の肉体が熱を放ち、優弥に向かっていく。あまりに素直な反応を示してやいないかと不安になるぐらいだ。

生前、こんなにも熱くなった覚えは一度もない。恋人がいた頃をうっすら思い出しても、なんとなくそういう流れになって淡々と抱き合っていた。

だけど、優弥が相手になると違う。欲しくて欲しくてたまらないのだ。性欲の解消にするなんてとんでもない。自分はさておき、優弥が知らない快感を教えてやりたい。優弥の蕩ける顔が見たい。

尽くしたい。その一心でくちびるを貪り、綺麗な首筋につうっと舌を這《は》わせていく。

「あ……」

ひくりと身体を震わせた優弥が頭をのけぞらせたので軽く喉に嚙《か》みつき、シャツのボタンを外していく。

うっすらと汗ばんだ肌が初々しい。男を抱くのは正真正銘初めてだ。現世に生きていた頃も恋人は異性だったが、いまは優弥しか目に入らない。

その点、優弥はどうなのだろう。無理をさせていないだろうか。

「優弥、男の俺でも欲情できるか？　大丈夫か？」

「……あなたなら……叶野さんほどこころが揺れ動いたひとはいません。神様相手に欲情するなんて罰当たりすぎますけど」

「それが聞けて安心したよ。おおいに乱れてくれ。おまえをこころから——愛するから」

実際に言葉にすると、自然と愛撫も丁寧になる。

シャツをはだけ、斜めに切り込んだ鎖骨をちろっと舐め上げていく。ぞくぞくするのだろう、優弥がぶるりと身悶《みもだ》える。

平らかな胸を目にしてもヒートしっぱなしだ。ふくらみがないぶん清楚な感じがして、とことん嬲《なぶ》り尽くしたくなる。

「おまえのここ、ちいさいのな」

「ン——……あ……っあ、待っ……かの、さ……っ」

桜色をした尖りの根元を指でつまみ、くりくりと揉《も》み潰《つぶ》す。引っ張ったり、捏《こ》ねたり。指で弄《いじ》るだけでは我慢できなくて、しまいには口に含んでみた。

「あ……！」

優弥が弓なりに身体を反らせる。

ちいさな尖りがこころよい。舌でくるみ込んでちゅくちゅく舐《ねぶ》り回し、根元に強めに齧《かじ》り付く。こりっとした感触に神経が焼き切れそうだ。

どうしてこんなに清潔で淫らなのだろう。

次第に芯が入って硬くなる乳首を嚙み回し、空いている片側も指で弄り回す。ぐっぐっと胸筋を揉み解《ほぐ》し、尖りに向かって指を伝わせていく。

ほんのりと色づいていた乳首が、いまや舐め転がされてグミのように真っ赤だ。

それだけでもうたまらないらしい。触れ合っている優弥の中心がじわりと熱を孕《はら》んで硬くなっていくのがわかる。

左胸の乳首を食《は》みながらチノパンの上から優弥のそこを包み込む。

「ちゃんと反応できてる。いい子だ、優弥」

「ん……っんぁ……き、……きもち、わるく、ない……ですか……？」

「そんなはずないだろう。俺だって、ほら」

腰を重ねてぐりっと揺らすと、かっと頬を火照《ほて》らせた優弥が懸命な面持ちでこくりと頷く。

「……叶野さんも、感じてるんですね」

「ああ。肉体を持つことができてほんとうによかった」

「……はい」

チノパンを押し上げる優弥の物を手のひら全体で揉み込み、きつくなったところでもったいぶりながらジッパーをジリッと下ろしていく。金属の噛む音に優弥が息を荒らげ、必死に歯を食い縛っている。

「素直に声出せよ、優弥。俺しかいないんだぞ」

「でも……っはずかしく、て……あ、あ、あ」

下着をぐっしょり濡《ぬ》らしていることにくすりと笑い、引き剝《は》がしていく。

途端にぶるっと硬くしなり出る肉茎《にくけい》がいじらしい。細めでも形のいい優弥のそれをしっかりと根元から摑み、ゆったりした動きで扱《しご》き上げていく。

「あぁ……っん……ん……ぁ……っ」

息を弾ませる優弥の性器がより引き締まっていく。先端からとろとろと愛蜜《あいみつ》を零すのがいやらしくていい。

「経験、ないんだろ？」

「ん、ん、は、い……っ」

「でも、感度は抜群だ。俺のすることにちゃんと応えてる」

「も、もう、あ、っ、んーっ……」

蜜を助けにして欲望を育て、大きくしていった。

乳首に吸い付きながら同じタイミングで優弥の肉竿《にくざお》を扱き、快感を一直線にしていく。優弥はぶるぶると身体を震わせ、一生懸命射精を堪えているようだ。亀頭の割れ目がぴくぴくしているのが可愛くて、指先を軽く埋めて揺らす。

「あっ、あ、や、だめ、だめ、それ……っ」

「イきたいのか？　だったら、イくって言え」

「ん、う、ん、いい……あっあぁっ、や、や、だめ、イっちゃ……！」

「何度だってイってもいい。おまえの全部が欲しい」

「んん……あっあっあっ……イく……イく……！」

ぬちゅぬちゅと強く扱いてやると、びぃんと背を反らした優弥がどっと吐精する。

熱い白濁は叶野の手を濡らし、優弥のなめらかな腹にまで飛び散った。

達したあともまだ絶頂の余韻が抜けない優弥がはあはあと息を乱れさせ、身体を弛緩《しかん》させる。熱に浮かされたとろんとした目で見つめてきて、「すごく……」と呟く。

「すごく……よかった……自分じゃなくなっちゃう……みたいに……」

「だったらよかった。まだ続きがあるぞ」

「……え？　あ、あ、まって、ま……っ……かのう、さん……っ！」

硬さを残した肉竿を思いきって頬張ると、口内でびくんと反応する。

「だめ、だめ、まだ……っイってるのにぃ……っ」

啜《すす》り泣く優弥のそこはまたも硬くしなっていく。上顎で亀頭をたっぷりと擦ってやり、くびれを口輪で締め付け、ぬちゅぬちゅと音を響かせる。

とくに裏筋を舌先で辿《たど》るのがいいみたいだ。びくびくと反応する可愛い性器をもっと愛してやりたくて、ツウッと双玉まで舌先を落としていく。

「あ……あ……やぁ……っ」

蜜がいっぱいに詰まっているそれを片方ずつ口に含み、ねっとりと熱く転がす。しつこいぐらいがちょうどいい。

そうしている間にも再び優弥は達し、びゅくりと精液を放つ。二度目の絶頂にしては多めの愛液に気をよくし、彼の内腿にぐっと指を食い込ませて持ち上げた。

ひくつく窄《すぼ》まりを目の当《ま》たりにすると自分でも可笑しいぐらいに興奮してしまう。

優弥とひとつになりたい。このまま抱き潰してしまいたい。

だけど今夜はなにも用意していない。

初めて優弥をほんとうに抱くのなら、ちゃんと準備をしたい。

優弥を痛がらせないように。できるだけ快感に浸れるように。

ちいさな窄まりの周囲をちろりと舐め回し、まだひくついている性器をやんわりと握り締めた。

「今夜はここまでだな」

「え……、でも……でも、あなたが……、まだ」

急《せ》いた口調で半身を起こそうとする彼を押さえ込み、「焦らなくていい」と言う。

「俺たちには時間がたっぷりあるだろう？　夜限定だが、会おうと思えば毎日会える。だから、この続きはまた今度」

「今度……今度っていつですか？」

「ほどよきときが来たら」

数日前に花井婦人が言っていたのと同じ言葉だなと思い出し、微笑む。

「大丈夫だ、優弥。一気に突き進むよりも、時間をかけて愛し合っていくのがいいと俺は思う。おまえの書いている小説もそうだろう？　遠く離れた恋人同士が、こころを繋《つな》げて、でも焦《じ》れて、恋しがって悶える……それをおまえに実感して欲しい」

「叶野さん……」

はぁ、と吐息を漏らす優弥が惜しむようにぎこちなく抱きついてくる。

「僕は構わないのに……」

「おまえの恋人（仮）として、俺はきちんとステップを踏みたい」

「……わかりました。その代わり、朝になるまで、ぎゅってしてもらえますか」

「甘えん坊だな、優弥は」

「そう、なのかな……叶野さんには敵いません……つい甘えたくなっちゃいます。目を覚ましたらいなくなってるかもしれないから」

「恋人冥利《みょうり》に尽きるな。すこし疲れただろう、一緒に風呂に入ろう。準備してくる」

笑って身体を離し、ベッドから下り立つ。

スラックスの前がきついが、ここは堪えよう。

だって、自分は神様なのだから。

4

毎日優弥と逢瀬《おうせ》を交わし、無邪気な触れ合いを楽しみ、神様としても意思が固まってきた頃には水無月《みなづき》に差し掛かっていた。

恵みの雨がそぼ降る毎日。深吉神社の前は傘を差すひとびとが大勢歩いていく。赤、青、黒、紺、花柄にストライプ、水玉、色とりどりの傘。

さすがにこの時期はいちいち傘を畳んでお参りするひともすくないだろうと思ったのだが、信心深い者もいるものだ。顔なじみの参拝客は日々足を運び、手を合わせていく。

傘の中からひょこりと顔だけのぞかせてお辞儀していく者もいて、ちょっと可笑しかった。神社の前を通る際の習慣になっているのだろう。

優弥も常連のひとりだった。コンビニでのバイトの帰りにかならず深吉神社に寄り、律儀にお参りしていく。手を合わせ、御神酒も供えてくれた。時間があると周囲の神社やお稲荷さんにも立ち寄っているようだ。願いごとをするというよりも、挨拶するという感覚なのだろう。

「んー……どうしようかなぁ……」

「どうしたどうした」

しとしとと雨が降るある日の夜、いつものように優弥が供えてくれた御神酒を呑んで肉体を持ち、彼の部屋でのんびり過ごしていたときだった。

今日の優弥はオフで、叶野の作ったカレーをお代わりして満足したあと、パソコンに向かっていた。小説の執筆が続いているのだ。邪魔をしないようにノンカフェインのアップルティーを淹《い》れ、彼の手元に置いてやる。

二日分作ったカレーの残りは、明日、カレーうどんにして食べると優弥は喜んでいた。

「なにか悩んでるのか」

「そういう意味では……ううん、でもそうかな。じつは、小説投稿仲間のオフ会に誘われてて」

「オフ会?」

「はい。SNSを通じて知り合った仲間なんですけど、一度顔を合わせてお互いどんなふうに書いているか、話してみないかって」

「いいじゃないか。小説をひとりで書き続けるのも大変だろう。仲間がいるなら、共通の悩みごとなんかも相談し合えるんじゃないのか。それって、大勢来るのか?」

「いえ、一対一です。相《そう》馬《ま》祐《ゆう》二《じ》さんってペンネームの方で、年は……確か叶野さんと一緒の二十八歳。会社勤めしながら投稿を続けてるんです」

「へえ、根性あるな。でも一対一か……それ、俺もついていきたいんだけど」

「叶野さんが？」

マグカップに淹れた紅茶を飲みながら、優弥が見上げてくる。

「投稿話に興味ありますか」

「それもある。あと、おまえの保護者として」

「保護者、ですか」

「一対一だろ。おまえは可愛い。このうえなく可愛い。それに俺の恋人（仮）だ。知らない男とマンツーマンで会わせるわけにはいかない」

「心配してくれてるんですか？　僕、一応成人してますよ」

「それでもやっぱり目を離したくない。なにかあってからじゃ遅いからな」

「叶野さん……僕を甘やかしすぎです」

どことなく嬉しそうに頬を赤らめる優弥の髪をくしゃくしゃと撫で、「迷惑じゃなかったら」と言い添えた。

「できるだけおまえのそばにいたいんだ。もっと優弥のことが知りたい。どんなきっかけで小説を書きたいと思ったのか。投稿を続けていくうえでの苦労話も聞きたい。そういうの、俺にはあまりしないだろ」

「だって、なんか恥ずかしくて」

「そういうとこ。好ましいけど妬ける。相馬相手なら話せるのか？」

「まあ……二年ぐらいＳＮＳでいろいろ話してきたから、大丈夫かなって……」

「やっぱ妬く。ついていく」

「わかりました」

苦笑いする優弥がパソコンに向き直る。

「一週間後の土曜の昼間に会わないかってお誘いいただいているんです。叶野さん、昼間は肉体を保てるんですか」

「無理だな。大野さんにも、受肉できるのは夜だけだって言われてるし。霊体でついていくよ。そのほうが相馬さんにも怪しまれないだろ」

「背後霊みたいだ」

くすくす笑う優弥がキーボードを叩き、ＤＭを送信する。

すぐにも返信があり、ふたりは来週の土曜の二時に新宿のカフェで落ち合うことになった。

「当日は僕の背後霊としてよろしくお願いします」

「こちらこそ」

お互い笑い合い、やわらかな空気に浸る。

彼のそばに立ってその頬のラインをひと差し指でなぞり上げると、優弥はくすぐったそうに首を竦め、安心した表情でもたれかかってきた。

彼と叶野だけに通じるサインだ。

「今夜も熱くしてやろうか」

「……また、なにか教えてくれるんですか？」

「どうしようかな。うぶなおまえにはまだ早いかも」

「もう……叶野さん、意地が悪い」

優弥が恥じらうように潤んだ瞳で見上げてくる。その頤をつまんで、叶野は微笑みながらくちびるをついばんだ。


その日も朝から雨続きだった。人間だったらなにを着ていこうか、折りたたみ傘より長傘を差したほうがいいだろうかと迷うだろうが、霊体ならばそんなものは問題でもなんでもない。ひとの目に見えない姿でふよふよ優弥についていくだけなのだから。

午後二時から三時間ほど深吉神社を留守にすることになる。そのことを大野に相談したら、「大丈夫大丈夫、うちのお稲荷さんを留守番に行かせるから」と気前よく請け負ってくれた。ときおり篠突《しのつ》く雨の日だし、参拝客はすくないだろう。大野の好意に甘え、「いってらっしゃいこん」「おみやげは美味しい油揚げでよろしくですこん」とわいわいしているお狐様二体に、「よろしくお願いします。お土産《みやげ》買ってきますから」と頭を下げ、霊体として社を抜け出す。

午後一時、優弥のアパートに行くと、彼はもう出かける支度を調《ととの》えていた。七分袖の水色のシャツにジーンズという出で立ちだ。こざっぱりとしていて、失礼もない。

オフ会なのだから、ある程度砕けた格好でも許されるだろう。

「叶野さん、いますか？」

『ここにいるぞ』

霊体では言葉も交わせないし、姿も見えない。

だけど、日々の逢瀬で叶野の存在に敏感になったのか。優弥はあたりを見回し、「行こうかな」と言って玄関に向かう。紺色のスニーカーを履き、オフホワイトのトートバッグを肩に提げていた。

中にはなにが入っているのだろう。

気になるなと念を飛ばすと、優弥が気配に気づいたかのようにバッグの中をあらためる。

「ノートとボールペン、シャーペン。あとハンカチとティッシュ、目薬にチョコレート。行き帰りに小腹が空いたとき用に。カフェで書くこともできるし。ノートパソコンはあるけど重たいし、バイト代を貯めて、そのうちもっと軽いタブレットＰＣを買おう。これで万全かな。がんばってこよう」

『おう、がんばれがんばれ』

紺の長傘を差して出かける優弥のあとをついていく。最寄り駅から電車に乗り、新宿までは一本だ。

雨降りとはいえ、土曜の新宿はたくさんのひとでごった返している。いつ来ても賑やかな街だ。ハイブランドの路面店の隣には大型ドラッグストアが立ち、電化製品を扱う店もある。書店にカフェにカラオケボックス。

花のように咲く傘の間をすり抜けていく優弥についていき、大通りから一本横に入ったところにある落ち着いたカフェに入る。

「ここか……相馬さんはチェックのシャツにジーンズ、眼鏡をかけていて……あ、奥の席にもういる」

小走りに奥のテーブルに向かい、優弥が深く頭を下げる。

「遅くなってすみません。久住優弥と申します。相馬さん……ですよね？」

「ああ、君が優弥君か。初めましてこんにちは」

立ち上がって挨拶をする相馬は温厚そうな好青年だ。ボストン眼鏡をかけており、理知的な雰囲気を醸している。手元にはノートパソコンが置かれていて、ついさっきまでなにか書いていたようだ。

「もしかして、原稿書いてらっしゃいます？」

わずかに緊張した声の優弥が向かい合わせの席に腰掛ける。

「うん、僕が応募したい新人賞の締め切りが一か月後だから。一応初稿、改稿まではできているんだけど、細かな修正をしてるんだ」

「一か月前にできあがってるんですか、すごい。僕、せいぜい二週間前ですよ。……あ、アールグレイのアイスティーお願いします」

やってきたウエイターに注文した優弥が、トートバッグからノートとボールペンを取り出す。

「今日は勉強させていただきます」

「そんな、僕だってたいしたことないよ。何社かで佳作を獲ったけど、いまだデビューには至ってないし。でも今回の作品には賭けているんだ。担当さんもついてくれているし、今回こそなんとかデビューにこぎ着けたい」

「やる気ですね。僕も見習わなきゃ」

「早速だけど、いまはどんな話を書いてるの？」

「遠距離恋愛がテーマの話です」

顔を合わせるなり盛り上がるあたり、よほどSNSで親しくしていたのだろう。

相馬は誠実そうな男だ。一対一で会いたいというのも不埒《ふらち》な理由からではないだろう。

ほっとひと安心して彼らのやり取りを眺める。

「プロットの詰めが甘いと初稿で躓《つまず》くんですよね。だから結構細部まで作り込むようにしてるんですが……相馬さんはどうしてます？」

「僕は逆に、あまり作り込まないほう。キャラはしっかり立ててるほうだけど、プロット自体はA4用紙一枚に収まる程度かな。おおまかな流れを決めておいて、細かいところは実際に書いていく中で決めていく。そういうやり方だと、最初に決めていたエピソードが結構変わったりすることもあるんだけどね。キャラが動いちゃう感覚って、優弥君にはある？」

「……あるような、ないような。乗ってるときはするする書けちゃいますけど、いったん止まるとなかなか抜け出せなくて」

「あーわかるわかる。僕はキャラが勝手に動き出すタイプだから、収拾がつかなくなることがあるよ。そういう意味でも、プロットは大筋しか書かないんだよね。自分の中で育っていくキャラの行方を見守りたいというかさ」

「そういう考え方もあるんですね。新鮮です。僕もやってみようかな……」

「書き方はそのひとそれぞれに合うものがあるから。無理しないで、いまのやり方を貫いてもいいと思うよ」

「ありがとうございます。手が止まっちゃうときの気分転換って、どうしてます？　参考程度にお聞きしたいんですけど」

「うーん……そうだなぁ……散歩とか、風呂に入るとか？　パソコンに向かってじっとして

いてもいい案が浮かばないときはいっそ割り切ってその場を離れちゃうね。歩いたり、風呂にゆっくり浸かったりすると、ぽんっとアイデアが湧いてくることがあるんだ。あとは、神頼み」

「神頼み？」

優弥が不思議そうに問いかける。叶野も興味を引かれて、ふたりの間をふわふわと浮く。アイスコーヒーを飲む相馬は決まり悪そうな顔で笑う。

「最後は絶対神様頼みしちゃうよ。自分の手に負えないときはね」

「僕も……結構神頼みしちゃうかな。毎日神社に通ってるし」

「お、若いのに偉い偉い。そうだ、文筆業に強い神様がいるのって知ってる？　そこにお参りすると筆も進むし、デビューも確実。バンバン売れるっていう噂《うわさ》」

「そんなありがたい神様がいるんですか。どこに？」

食い気味の優弥に、おいおい待てこらと止めたくなる。

――神様はここにいるだろ。俺がちゃんと毎日願いごとを聞いてるだろ。そりゃ即日デビューさせるなんて力はまだないけど、おまえを一番そばで見守っているのは俺だろ。

割り込みたいが、あいにく霊体だ。

仕方ないのでふわふわふよふよと忙《せわ》しなくふたりの間を行ったり来たり。

「もし興味があるなら、日を改めて紹介するよ。どう？」

「ぜひぜひ。いま抱えている初稿、なんとか書き上げたいんです。できればこれでデビューしたいです」

乗り気の優弥に相馬も気をよくし、スマートフォンのスケジュール帳を確認しながら次に会う日を決めている。

「それじゃ。二週間後の土曜。午後三時にここで落ち合うのはどうかな」

「わかりました。ありがとうございます、お忙しいでしょうに」

「いやいや。同じ投稿仲間同士、励まし合いたいしね。神様にお参りして力を授けてもらえるなら、何度だって足を運びたいよね」

「はい」

真剣な顔で優弥が頷く。

危なっかしいなと叶野は浮いたまま腕組みをする。

優弥は素直で、真面目で、いい子だ。

ただ、少々つけ込まれやすいのではないだろうか。

叶野のことだって最初こそは驚いたものの、すんなりと受け止めてくれた。神様と疑似恋愛をするというとんでもない案もオーケーしてくれている。

もちろん、叶野にとっては喜ばしいことなのだが、優弥の無邪気さが他人にも向けられるとなるとさすがに落ち着かない。

——そんなに簡単に信用して大丈夫なのか？

悶々《もんもん》と考え込んでいる間もふたりは執筆方法や好きな本を紹介し合ったりして盛り上がっている。

やはり、同じ畑の人間とは話が合うのだろう。

それが叶野にとっては悔しい。

自分には手の届かない分野だからだ。

優弥が書いた小説を読むことはできる。ちょっとしたアドバイスもできる。だけど、それぐらいのものだ。

書くうえでの苦悩や楽しさを分かち合うことはできない。見守ることしかできないのだ。

いま、霊体としてふたりを見下ろしているように。

はあ、とため息をついて優弥の背後に回った。

背後霊として優弥を守ることしかできないが、なにもしないよりはましだろう。

「じゃあ、また二週間後に」

「はい。ＳＮＳでもお話ししてくださいね。今日はありがとうございました」

たっぷり二時間近く話し込み、機嫌のいい顔で優弥は自分のお茶代を置いて席を立ち、カフェを出る。

アパートに戻る途中、書店とスーパーに寄り、本を一冊、レタスと鶏腿肉と牛乳を買って帰った。

一刻も早く肉体が欲しくて、叶野はじりじりと夜を待った。

優弥がアパートに帰ってから二時間ばかり過ぎた頃、御神酒を呑んでむくむくと肉体を湧き起こらせ、足早に彼の部屋へと向かう。

「優弥、相馬って奴はほんとうに信用できるのか？」

開口一番そう言うと、キッチンでレタスを手にしていた優弥がきょとんとした顔で振り返る。

「叶野さん、こんばんは。やっぱり今日ついてきてくれたんですね」

嬉しそうに優弥が微笑んでレタスをまな板に置き、身体を擦り寄せてくる。その可愛い笑顔は目の毒だ。

「話、全部聞いてました？」

「聞いてた。文筆業に強い神様がいるってほんとうなのか」

「そうらしいですね。お参りすればデビューできるかも」

「……おまえの願いごとは俺が毎日聞いてるだろ。そりゃ確かに明日すぐにデビューさせるなんてできないけどさ。そう簡単に他の神様に……」

浮気すんなよ、と言いかけて口をつぐむ。子どもっぽいなと思ったのだ。

そもそも優弥は深吉神社だけでなく、町内の神様たちにもちょくちょく顔を出しているのだし。いまさら『俺だけのところに来い』なんて偉そうなことは言えない。

もやもやする気持ちを抱え、背後から優弥を強くかき抱《いだ》いた。

「……叶野さん？」

認めたくないが——嫉妬《しっと》しているのだ。まだ見ぬ文筆業の神様に。

その神様が優弥の願いをすぐさま叶えてしまったら自分の立場はどうなるのだろう。

焦燥感に駆られて彼の顎をつまみ、びっくりした顔をよそに深くくちづけた。

「かの、う……っさ……」

くぐもった声を呑み込み、舌をきつく吸い上げる。「——ん」と甘やかな声を出して優弥がおずおずと抱きついてきた。

ここ最近、顔を合わせれば軽い愛撫のようなキスを繰り返していたので、優弥の反応もかなりよくなった。以前は驚いてばかりいたが、ここ数日はすこしだけ積極的に舌を擦り合わせてくる。

とろっと唾液を交換しても満足できない。髪をぐしゃぐしゃにかき回しても物足りない。

勢いに任せてベッドに押し倒し、息を荒らげる優弥から服を剝ぎ取る。

「どうした、んですか……叶野さん……ん……っんん……ぁ……待って……」

胸の尖りに吸い付き、根元をくりくりと指でねじる。以前よりすこしふっくらした乳首は叶野の性急な愛撫に応え、淫らに赤く色づく。

思いきって乳首の根元に噛みつくと、「――ア……」と高い嬌声《きょうせい》が上がった。

「や、や、それ……っあ……ん……んぅ……っ……あ……あん……っ」

「やだって言うわりには声が感じてるぞ」

「い、いじ、わるい……ん……！」

硬くなった尖りをれろれろと舐め転がし、たっぷりと唾液をまぶす。艶やかに光る乳首は充血して尖り、目の毒だ。

噛みついても舐めしゃぶってもまだまだ足りなくて、両の乳首を存分に可愛がってからつうーっと臍《へそ》まで舌を辿らせていく。

ちいさなくぼみに舌を埋め込んでくにゅくにゅと舐り回すと、くすぐったいのか、優弥は喘ぎながら身をよじらせる。下肢はもうきつそうだ。

もどかしく一気に下着ごとジーンズを引き下ろし、勢いよくしなり出た性器をおもむろに口に含む。

「あ、ア、ッ――……」

かすれた声の優弥が身体をのけぞらせ、叶野の口の中で大きくなっていく。感じやすい優弥の乳首も性器も散々嬲り尽くし、彼の身体がぶるぶる震えたところで双玉を軽く揉み込んでやるとどくりと口内に熱いしずくが放たれる。

「はっ……はぁ……っごめ、んなさい……我慢、できなくて……」

「いい、そういうふうにしたかったんだし」

ごくりと若い白濁を飲み干し、まだ蜜で濡れている肉竿をしつこく舐め上げる。優弥のくさむらは薄くほわほわとしていて、いたずらしたくなる。くちびるでくさむらを食んで引っ張り、「ん」とせつない声が上がったところで会陰《えいん》にも舌を這わせていった。

「かの、……う、さん。あ、あの……」

「なんだ」

「僕の勘違いかもしれませんけど……もしかして……ひょっとして……相馬さんに、嫉妬しているんですか？　だから心配でついてきてくださったとか……あ、いえ、図々しい発言でしたよね。すみません。神様のあなたが嫉妬なんて……」

「そのまさかだと言ったら？」

「叶野さん……」

目を瞠った優弥がじわじわと頬をゆるめ、「嬉しい……」と小声で呟く。

「擬似的な恋人だとしても妬いてくれるなんて……僕……僕、ほんとうにあなたのことが……」

口を閉ざした彼を離したくない。

もっと自分のものにしたい。

愛蜜と唾液を混ぜ合わせてとろとろにし、優弥の窄まりに擦り付けていく。

びくりと身体を強張らせる優弥を押さえ付け、狭く窮屈な小孔をちろりと舐め回した。

「ひ……っ」

初めての感覚なのだろう。優弥が身悶えるが、がっしりと両足首を摑んで大きく広げさせ、狭間に顔を埋《うず》める。

男を知らない優弥のそこは慎ましやかに閉じ、いきなり突き挿《い》れれば怪我しそうだ。だから丁寧に舌で舐め回し、とろとろに蕩かしていく。

「は……ぁ……っ……なんか……っむずむず、する……」

「嫌か？」

「ん……ううん……いや、じゃ……ない……けど……」

必死に惑いを抑える声がけなげだ。

痛めつけるつもりはけっしてないけれど、この胸に噴き上がる衝動をどうしたらいいのだろう。せっかく肉体を持ったのだ。すこしでも早く優弥とひとつになって、自分の形と熱を刻み込みたい。ぬかるんだ孔《あな》の縁を指でなぞり、艶めいた吐息が漏れるのを確認したら、そうっとひと差し指を挿し込んでみる。

「んン——……ッ！」

熱い。溶かされそうだ。優弥の中はひどく潤んでいてやわらかで、ぬちりと音を響かせながら叶野の指に絡み付いてくる。

最初は慎重に孔の入口をくすぐるだけにしていたが、その熱を味わっているうちに抑えが効かず、第二関節までねじ込んでみた。

「ん、っん、んぁ、あっ、あっ、あっ」

優弥の声がはっきりと変わった。呼吸の間隔が浅くなり、中がねっとりと淫らに蕩け、叶野の指を悦《よろこ》んで迎え入れる。

男なら誰でも前立腺を弄られれば感じるものだ。知識としては頭にあるものの、実際に行動に移すのは初めてなので、用心しながら指の腹で上壁をゆっくりと擦る。

「やァ……っあん、あ、あっ、待っ……叶野さん、まって、あっ、そこ、そこ……！」

「いいところに当たってるか？」

「ん、あ、あ、……いい……っ」

汗ばむ身体をくねらせながら欲情する優弥が可愛くて、妬けてたまらない。

こんなに愛おしい存在を他の誰にも渡すものか。

好きだ、好きだ、優弥が好きだ。

はっきりとそう意識しながらじっくりと攻め込んでいく。

相馬や他の神様に嫉妬するぐらい優弥を好きになってしまっていたのだ、いつの間にか。

彼の真面目さやけなげさ、無防備さに取り込まれて、夢中になっている。

もったりと重くしこるそこを二本の指で挟んでくりくりと揉み込む。

それだけでもう優弥は果てそうな泣き声を上げ、熱く湿った内腿で叶野の頭を挟み込んでくる。

「かのう、……っさん、だめ、だめ、イっちゃうから……っおねが、い……っ」

「優弥はどうしたい？　俺とひとつになりたいか？」

「……ん……は、はい……」

欲情しながらも、その声にはひと匙《さじ》ぶんのためらいが混ざり込んでいる。

それもそうだろう。

彼の見ている前で手早く服を脱ぎ、猛《たけ》ったものをあらわにすると、わかりやすく優弥の瞳が揺れ動く。動揺しているのだ。

「……そんなにおおきい、んですか……」

「そうか？　平均だと思うけどな」

先端から蜜を垂らす己のいきり方が内心照れくさい。生前を振り返っても、こんなに誰かを欲した覚えはない。

「――抱くぞ」

「……は、い……っ」

固唾《かたず》を呑んだ優弥が強く瞼を閉じる。

ぐっと奥歯を噛み締めている。

長い睫毛の先に綺麗な涙が絡み付いているのを見て、沸騰しかけていた意識が端からすうっと冷えていくようだった。

「……優弥……」

優弥は震えていた。全身を縮こめて。

――なにをやっているんだ俺は。

全身から力が急速に抜けていく。頭を覆っていた熱い靄《もや》が消えていく。

なんだかとてつもなく自分が馬鹿に思えてきた。

つまらない嫉妬に駆られて、優弥を意のままにしようとしている。好き勝手しようとしている。

やさしい優弥につけ込もうとしているのは人間だけじゃない。神様の自分だってそうだ。

――優弥にはそんなつもりがないかもしれないのに。そもそも俺、神様だろ。こんな不埒なことをしていいのか。

じわじわと冷めていく熱がうながすまま、そっと優弥の髪に触れた。怖がらせないように。

「……ごめん」

「……叶野……さん？」

おそるおそる目を開く優弥のくちびるがまだ震えていることに、罪悪感が浮かぶ。

「ごめん、急にこんなことして」

「あ、の、……あの、僕……」

「妬いたのはほんとうだ。いい年をして俺もみっともないな。神様のくせに。……ごめん、おまえを乱暴に扱うつもりはないんだ」

「……叶野さん、僕は……」

身体を離すとすがるように優弥が手を伸ばしてくる。その手首を摑み、内側にくちづけた。

「今夜は帰るよ」

「そんな、あの、僕はほんとうに……あなただったら……」

「無理するな。声を震わせて言うことじゃない」

まだ昂《たか》ぶっている身体をなんとかなだめて身繕いするのが間抜けだが、ともあれ玄関へと向かう。そのあとをタオルケットを巻き付けた優弥が慌てて追ってくる。

「叶野さん……僕のほうこそごめんなさい。うまくできなくて……でも、ほんとうにあなただったら……なにをされてもよかったのに」

「そんな台詞《せりふ》を吐かせるなんて神様失格だな。なにをされてもいいなんて自分を粗末にするな。俺を殴ってもおかしくないんだぞ」

しなやかな身体にタオルケットを巻いて所在なげに立っている優弥に笑いかけ、額にキスした。

「今夜はこれで我慢する。俺ももうちょっと待てる神様にならなきゃな。優弥、またな。おやすみ」
「……はい、叶野さんも……おやすみなさい」
離れがたかった。ほんとうはきびすを返して強く強くかき抱いてしまいたかった。
だけど、事を急くと壊れてしまうものもあるのだ。
息を深く吸い込み、叶野は扉を開けた。
見上げれば小雨がぱらつき、月も星も見えない。
夜明けまでにはまだまだ時間がありそうだ。

# 5

実際には一線を越えなかった。その事実が、余計に優弥への恋ごころを叶野に深く意識させた。

神様である自分が現世を生きる人間に恋をして、どうなるというのだろう。

「またまたため息ついちゃって。男前が台無しですよ」

大野の声に我に返り、杯を握り直す。

「なにか悩みごとですか、叶野さん」

片桐が酒を注いでくれる。

あれから一週間。雨はまだ続いている。優弥も毎日参拝に来てくれる。叶野も夜な夜な彼の部屋を訪ねたが、危うい空気に陥らないよう細心の注意を払っていた。

していいのは、キスとハグだけ。そう決めたのだ。

ときおり、優弥が焦れったいまなざしで身体を擦りつけてくることがあった。猫みたいだなと可愛くて抱き締めることはしたけれど、それ以上には踏み込まなかった。

「……はー、俺もまだまだだぁ……ぜんぜん抑制できないし」

「なんの？」

「なんのための抑制ですか」

今夜は深美神社に大野と片桐、それに佐藤さんと矢作と集い、酒を酌み交わしていた。

矢作が町内の出来事を面白可笑しく語ってくれ、大野と佐藤さんがそれに応じて笑い、叶野も加わろうとしたのだが、優弥のことがどうしても頭から離れない。

「またため息ついて。よかったら話してみませんか」

片桐が穏やかにうながしてくれる横で、大野もうんうんと頷いている。佐藤さんも矢作も。

なんとも親切な神様たちだ。

自分だけの胸に留《とど》めておくのも限界だったので、ぽつりぽつりと話し出した。

優弥という人間と出会い、いつしか強く惹かれていたこと。

恥ずかしくて顔から火が出そうだったが、優弥と抱き合い、勢いに任せて深く身体を繋げてしまおうかと思ったが、すんでで堪えたことも低い声で打ち明けた。

「あらまあ……なかなか刺激的なお話ですね」

佐藤さんがぽっと顔を赤らめている。

「いやいや、なかなか骨のある神様だ。転生したてなのに早々に人間と恋に落ちるなんて。ねえ片桐さん」

「ほんとうに。最近聞いた出来事の中では一番びっくりしましたよ」

出会ったばかりの頃は控えめな片桐だったが、こうして酒を酌み交わすうちにずいぶんと親しくなった。一度懐《ふところ》に入れたら深く情を寄せるたちなのだろう。優弥のことも大層案じてくれている。

「……その、タブーとかないんですか？　人間に恋しちゃいけないとか」

「ないない、そんなの。だって私たち、神様ですよ？　毎日拝みに来てくれる特別なひとを好きになったっていいじゃありませんか」

からりとした声で大野が言い、「ね、片桐さん」と傍らを見る。

この一帯の神様を取り仕切る片桐は面白そうな顔だ。

「まあ、前例がないわけではありませんよ。神様が人間に恋するケースはいにしえの頃から多数見受けられます。とくに叶野さんみたいに神様になりたての方は恋情をそう簡単に捨てられるものではありませんよね」

「でも俺……そんなに惚《ほ》れっぽいほうではなかったのに。優弥だけは……特別に思えて」

「それだけ彼の願いごとがあなたの胸に刺さったということでしょう。いいことなのでは？　神様としてきちんと耳を傾けているわけですし」

「俺、神様失格ではありませんか？　こんな立場なのに、淫らなことをしてもいいんでしょうか」

「み、淫ら」

「おお、男前の口から聞くと俺でもゾクゾクしちゃう」

佐藤さんと矢作が肘をつつき合っている。

「神様が愛《め》でる気持ちを許していなかったら、そもそも人間はこの世に生まれていませんよ。この世には多くの宗教、神様がいて、教義はそこここで違いますが、愛するということについて根本的なところは皆同じだと思います。想い合うこころがなかったら、ひとは生きていけない。幸を神様に願うこともない。そうなると、神様の存在意義も問われる。私たちはひとに生かされているんですよ、叶野さん。なんとなくわかりますか」

「なんと、なく」

「実際問題、叶野さんはその優弥君が好きなんでしょう。素直に言ってもよかったのに」

「でも、人間として結婚できるわけではないですし、神様としてだって夜にしか会えないし。すべてにおいてあいつを守ってやれるとは言いづらいです」

大野に返すと、彼は「まあそうかもしれないけど」とにやにやしながら首を傾《かし》げる。

「どこか拗ねた声がまだまだ若いですな、叶野さんは。実際若いんですけども」

「……言葉もありません」

「同性愛を禁じている教義もありますが、私らは八百万《やおよろず》の神ですよ。市井のひとびとの暮らしを守るために存在している。前も言ったでしょう。私たちは、出雲に呼ばれるような上級クラスの神様と人間の狭間にあるような存在だって。死してなおひとを好きになることはけっして悪いことではないし、なにか打開策があるんじゃないですか」

「思いきって叶野さんのほうから一歩踏み出してしまってもいいと思います！　その、やっぱり男性ですし。叶野さんなら力強くリードしてくれそうですし」

佐藤さんが拳を作って真剣な顔で言うので苦笑いし、「相手も男なんですけどね」と言う。

「でも、日本だって衆道が当たり前の時代があったんですから。最近は同性婚だってだいぶ増えてきたじゃないですか。叶野さんは同性を好きになったことはあったんですか？」

「優弥が初めてです。あいつも同じらしくて、互いに手探り状態ですよ」

「だったらなにも問題はありません。ただ、やはり私たちは一応神様。肉体を持つのは夜だけですし、ひとびとの願いごとを聞くという立場もある。そういう点では、四六時中一緒にいることは不可能ですね」

落ち着いた片桐の声に肩を落とす。

そう、そうなのだ、そこが問題なのだ。

夜だったらまだいい。だけど、もし昼間の時間帯に優弥がトラブルに巻き込まれたら？

あの相馬と優弥が会うのは今週末だ。しかも、昼間の三時から。その時間帯、叶野は再び大野のところのお稲荷さんコンビに留守番を頼み、霊体として優弥についていくつもりだ。

しかし、霊体では声も出せないし、姿を現すこともできない。ただ見守るだけだ。

すんなりと優弥のこころにすべり込んだ相馬に妬いたのは事実。

大人げないなと滅入るけれども、自分のこころに嘘はつけない。

相馬がただの人間で、優弥の助けになるのなら自分としては一歩引くだけだ。とはいえ、擬似的恋人の立場も譲りたくない。

「あー……もう我ながら幼稚で困ります」

「はは。そう簡単に神様にはなれないもんですなあ。私はだいぶ世俗と縁が薄くなりましたけど、こうして酒をたしなむことはやめられませんしね」

「俺も俺も。神様連合会で集まるとついつい杯が進んじゃうよな。叶野さん、俺はあんたを応援するよ。なにか力になれることがあったら気軽に言ってくれ。な、大野さん、佐藤さん、片桐さん」

矢作の言葉に三名がいっせいに頷く。

「神様とはいえ、ちょっと暇な時期でもありますし。人間として生き返らせてくれという願い以外は叶えられますよ」

片桐が慰めるように言ってくれるので頬をゆるめ、ほっと息をつく。

「すみません。駆け出しの神様なのに早々に面倒ごとを持ち込んで。……こう、もっと年を重ねて、さあ俺もいよいよあの世のお迎えだって頃に神様になっていたら達観できたんですかね」

「どうでしょう。神様になったって諍《いさか》いはしますし、横恋慕することだってある。肉体を持てる時間が夜だけという以外は、現世の人間とそう変わらないと思いますよ。そうめげないで、もう一杯」

片桐がとっくりを向けてくれるので、ありがたく杯を差し出す。

きりっと透きとおった御神酒は、今朝、深吉町町内会会長が一升瓶で供えてくれたものだと片桐が教えてくれた。さすが神様連合会のリーダーがいる深美神社だ。いい酒が味わえる。

それでもあまり酔えないのは、胸に優弥が棲《す》んでいるからだろう。

彼のことを思うと気分が上がったり下がったりして自分でも忙しない。

せめて、生きている間に出会えていれば。時間を気にせず存分にいちゃいちゃして、寝付く彼を見守り、執筆に励む時間はそっとそばにいて、バイトに行く際は背中をぽんと叩いて送り出してやれるのに。

人間だったら――あしたいこうしたいという欲望が次々に生まれてくる。

だが、いまの自分は神様。

多くのひとから手を合わせられる存在なのに、芽生えたての恋ごころに振り回されている。

「まったくもう……ほんとうにすみません」

「なんのなんの。叶野さんが深吉神社に来てから活気づきましたよ」

「優弥君、いい子ですもんね。私が恋愛成就の神様だったらすぐに叶えるのに」

大野と佐藤さんがくすくす笑い、杯を呷る。

叶野も杯を空にし、思う。
優弥が好きなことは認めよう。諦めて、好きだと認めよう。
いまの自分になにができるか。そのことを考えるほうがよほど建設的だ。
待ってろ土曜日、と胸中で呟き、片桐たちの談笑に加わった。

# 6

決戦の土曜日は梅雨の晴れ間で、早朝からからりと景気よく晴れ上がった。久しぶりの澄んだ青空にたなびく白い雲に鼓舞され、叶野《かのう》は社《やしろ》の中でどっしりあぐらをかく。

午前四時という早さにかかわらず、結構な参拝客がいる。犬の散歩がてらお参りしてくれる者。新聞配達中に寄ってくれる者。朝のジョギング中に足を留めてくれる者。

その中に、優弥《ゆうや》もいた。コンビニのバイト明けに寄ってくれて御神酒《おみき》を供えてくれる。そして、両手を合わせる。

『おはようございます、叶野さん。優弥です。最近あまり長居してくれないのが寂しいです』

『今日は相馬《そうま》さんとお会いしてきます。うまく話が弾みますように』

『――叶野さんも、もしよかったら来てくださいね』

深々とお辞儀をして帰っていく優弥を、食い入るように見つめていた。

もちろん行くとも。霊体ではあるが、優弥の行くところはどこへでも。

せめて話せたらいいのにと思う。姿は見えなくても、言葉を交わせられれば落ち着くのに。

じりじりと時間が過ぎていき、午後二時半前には大野《おおの》のところへ行ってお稲荷《いなり》さんコンビに留守番を頼んだ。それから優弥の部屋へと急いで向かう。

彼もちょうど出かけようとしていたところだった。

きちんと玄関の鍵《かぎ》をかける優弥の背後でふわふわ浮き、そのまま一緒に電車に乗る。

土曜の午後の電車に乗るのも大層久しぶりだ。

そわそわするような、どきどきするような。

霊体と言えどいつ何時なにがあるかわからないので、スーツ姿だ。万が一素っ裸でひとの形を取ってしまったら大事だ。

社を出る前に『スーツでスーツでスーツで』と願ったところ、ネイビーのスーツとイエローストライプのネクタイという格好になった。

そこですこし可笑《おか》しかった。神様になっても願いごとをするのだ。

叶えてくれたのはいったいどこの誰だろう。

出雲《いずも》にいるという上級クラスの神様だろうか。それとも、もっと高次元な存在だろうか。

いまはともかく、優弥だ。

彼はこの間と同じ新宿のカフェに入り、先に来ていた相馬と挨拶《あいさつ》している。

「こんにちは、相馬さん。すみません、待たせてしまいましたか？」

「そんなことないよ。いつも早めに来てしまうたちなんだ。早速だけど、お参りに行こうか」

「はい」

相馬だけ会計して、ふたりはカフェを出る。

「ね、優弥君、お腹《なか》空いてる？　さっきのカフェは食事があまり美味《おい》しくないから出てきてしまったけど」

「そういえば、すこし。緊張して昼食を食べられなかったので」

「真面目だなあ優弥君は。君の美点だね」

おいこら、俺の優弥に軽々しく近づくな、肩を叩《たた》くな、もっと離れろ。

めらめらと念を込めるが、当然ふたりには通じない。

叶野はふよふよ浮いてるだけで、相馬を引き剝《は》がす力もない。

——神様も無力だな。

ため息をつきたい。

彼らに聞こえないのをいいことに、はあああと情けないため息を盛大についた。

ふたりは大通りから裏道に入り、角にある店の前に立つ。

「ここ、カフェバーなんだけど、安くて旨《うま》いんだ。お参り前にパスタとか、どう？　シーフードパスタがとくに美味しいんだ」

「いいですね、ぜひ」

優弥は素直に頷《うなず》いて相馬と一緒に店に入る。

もちろん、叶野もあとを追った。扉が閉じても問題ない。霊体なのだからするりとすり抜けられる。

「よお、相馬君じゃない、いらっしゃい」

店内はカウンター六席に、テーブル席が四つ。こぢんまりとした貸し切りパーティぐらいは開けそうな広さだ。

客は相馬と優弥だけで、カウンター内でグラスを磨いていた男性が明るい声を上げる。見たところ、三十代後半だろうか。

こなれたイエローのリネンシャツが粋《いき》な男性はタオルで手を拭《ぬぐ》い、優弥に向かって「どうぞどうぞ座って」とカウンター席を勧める。

「こちら、マスターの伊沢《いざわ》さん。こちらは小説投稿仲間の久住《くずみ》優弥君」

「初めまして、こんにちは」

「はい、こんにちは。なにか食べる？」

伊沢はひと好きしそうな笑顔で水の入ったグラスをふたつ出す。

「マスターお得意のシーフードパスタをふたりぶん。それとソフトドリンクは……優弥君、なにがいい？」

「僕は、ウーロン茶でお願いします」

「僕はジンジャーエールにしようかな」

「かしこまりました」

おどけたような仕草で一礼したマスターは手際よくドリンクを出したあと、パスタ作りに取りかかる。

霊体になっても香りは嗅《か》げる。エビとホテテのいい匂いに鼻を蠢《うごめ》かせた。腹が減るというのではないが、マスターの腕は確かなようだ。

「はい、おまちどおさま！」

「わ、美味しそう……」

「な、冷めないうちにどうぞ」

相馬と優弥の前にパスタとフォークが置かれる。

「いただきます」

優弥は丁寧に両手を合わせ、早速パスタを頬張《ほおば》る。

「ん、ほんとうに美味しいです……！　ホタテとエビが最高」

「嬉《うれ》しいな。この一品だけで持ってるような店だからね」

「またまたご謙遜。優弥君、マスターの作るドリアやピザ、デザートも美味しいんだよ。食後のコーヒーは至福」

「と言っても、そんなにお客さんが来ないいんだよなぁ」

「表通りから外れてますもんね。でも、しっかり常連さんがついてるいい店じゃないですか」

「まあね」

「僕もファンになっちゃいそうです」

満足そうな顔で、優弥はあっという間にパスタを平らげた。

「デザートにティラミスはどう？」

「喜んでいただきます」

「僕も僕も」

美味しい料理というのはひとびとをすぐに結びつける力がある。

叶野もよく知っていた。優弥に初めて親子丼を作ってやったときに彼はとても喜んでくれ、自分たちの仲は急速に深まったのだ。

「優弥君だっけ。相馬君に連れられてきたってことは、もしかして神様頼み？」

「はい、お恥ずかしながら……。がんばっていま手がけている小説を書き上げて、ぜひともデビューにこぎ着きたいなと思ってまして」

「なるほどなるほど。芸能人やスポーツ選手もそれぞれお参りしに行く神社があるもんね。ここだけの話、小説家さんやライターさん、記者さんにめっぽう強い神様がいるんだよ。知ってた？」

「相馬さんからちらっとだけ聞きました。そんなに御利益あるんですか？」

「ああ。この間直美《なおみ》賞を獲った作家の平沢浩一《ひらさわこういち》さんや、人気雑誌の『週刊桜庭《さくらば》』でスクープ記事を連発している北見祐介《きたみゆうすけ》さん、それに去年の絵本大賞を受賞した江里原《えりはら》ユリコさんたちもお参りしに来る神様だよ」

「有名人ばかり……！　僕でも存じ上げてます。すごいんですね、その神様。どこに神社があるんですか」

「新宿三丁目の中にひっそり。目立たない神社だから普通に歩いていたら見落としてしまうと思う。細い路地の奥まったところにあるんだ。もし君も御利益を授かりたいなら、ぜひそこで祈禱《きとう》を受けるといいよ」

「あの……お金、かかりますか？」

「初穂料は五千円」

伊沢が右の手のひらをぱっと開く。そのことに優弥はひとつ頷き、「なら、大丈夫です。持ち合わせてます」と応える。

「ただ、今日はもう御祈禱の時間は終わってるんだ。それと、初めての参拝客が祈禱を受けるには常連の紹介が必要なんだ。たとえば俺とか、相馬君とかね。なにしろ御利益があまりにすごいものだから、ごく一部のひとたちで守っている場所なんだ。マスコミにもバレたことがない」

「そうなんですね……そういう神様もいらっしゃるんですね」

今日すぐに祈禱を受けられないとわかって、優弥は傍目《はため》にもがっかりした顔だ。

「大丈夫、そう焦らなくて。今度の水曜か木曜の朝十時頃、空いてる？　その時間なら僕と相馬君が君を神社に連れてって紹介するよ」

「ほんとうですか？　えっと、待ってくださいね。バイトのシフトを確認します……大丈夫です。木曜の午前中なら空いてます」

「だったら、御祈禱もそのとき受けられるように頼んでおくよ」

「よろしくお願いします」

スマートフォンのスケジュールアプリを確認した優弥は意気込んで、身を乗り出す。

「もしご迷惑じゃなければ、あらためて連れていってもらえませんか。今日は食事だけで結構時間を取ってしまったので」

「いいよー、ぜひぜひ。相馬君が認めた子ならオーケー。俺から見ても君はいい子みたいだしね」

「でしょ？　人間的にも小説書きとしても、これからどんどん伸びていく子だよ」

相馬が自信満々に胸を張る。

そのことにむっとしてしまう自分がなんとも卑小で情けない。

しかし、優弥の一番近くで彼の書く小説を見守ってきたという自負がある。

ぽっと出の相馬にかっさらわれてたまるか。

いや、ぽっと出は自分のほうだろうか。相馬とのつき合いのほうが長いのではないか。なにせ投稿仲間なのだし。いままではＳＮＳだけでのつき合いだったのだろうが、実際顔を合わせたとなったら友人も同然だ。

優弥は楽しげに相馬や伊沢と話に花を咲かせている。

会話に加われないのが恨めしい。幽霊となって脅かしたいぐらいだ。

「いまの担当さん、僕が新人賞の佳作を獲った頃からまめに見てくれるんですよね。そのご恩にも報いたいので、絶対にデビューしたいんです」

「遠距離恋愛がテーマだろ？　いまどきちょっとめずらしい純愛ものだから、丁寧に書けばいい線行けるんじゃないかな」

「相馬さんにそう言ってもらえると勇気が出ます」

ガッツポーズを取る優弥に、相馬たちは和やかに笑っていた。

デザートを食べ終え、食後のコーヒーも飲み終え、話が一段落したところで、「じゃあ、あの」と優弥が席を立つ。

「僕、これからバイトなので、お先に失礼しますね。今日はほんとうにありがとうございました。これ、食事代です」

「いいよいいよ、初回サービス」

「でも」

「うちの料理美味しかった？」

「はい、とても」

「そう、じゃまたよかったら来てよ。そのときは正規の料金をもらうからさ」

財布を取り出しかけていた優弥が戸惑っていたが、相馬に「ご馳走《ちそう》になっちゃいなよ」と言われ、こくりと頷く。

「では、お言葉に甘えて……。ほんとうに美味しかったです。ごちそうさまでした。相馬さん、伊沢さん、来週の木曜日に。このお店に来ればいいんですよね？」

「そう。迷いそうになったら店に電話して。はいこれ、名刺」

「すみません。では、また来週に」

優弥がお辞儀をして店を出ていく。すぐさまそのあとを追おうとしたが、「あー」と相馬が両手を挙げたことでなんとなく思いとどまった。

カウンター越しに伊沢と相馬が顔を近づけ、「いいと思いません？」「いいね」と言い合っている。

「素直で、真面目で、信じやすい子だ。『影響団《えいきょうだん》』にふさわしい子じゃないかな」

「伊沢さんもそう思います？　最近珍しいぐらいの一途《いちず》さですよね。いい団員になると思います。来週、お参りのあとに『影響団』に連れていきましょうよ」

「そうだね。それまではけっして怪しまれないように」

「わかってます」

目配せしてにやにや笑い合うふたりによからぬものを感じるのは、気のせいだろうか。

言うなれば直感だが、確証はない。

『影響団』とはなんなのか。どんな団体なのか。書き手同士が集まって励まし合う会とか。しかし、伊沢はカフェバーのオーナーだ。なにかを書く人物ではない。ならば、ひとびとを取り持つ役割なのか。

それよりなにより、『影響団』そのものが気になる。聞いたことのない団体名だ。趣味の集まりならばよいが、違った場合は――。

神様連合会に相談してみよう。

スーツ姿の叶野は急いで店の扉をすり抜け、一目散に地元を目指した。


「『影響団』、……ああ、聞いたことがあります」

その夜、深美《ふかみ》神社には神様連合会メンバー全員が集っていた。酒盛りはせず、車座になって叶野の話を聞いたあと、片桐《かたぎり》が腕を組んで頷く。

「最近めきめきと力をつけている新興宗教です」

「新興宗教……」

「そういや俺も耳にしたことがあるな」

矢作《やはぎ》が言えば小峰《こみね》も頷く。

「確か、すげえ上納金を収めなきゃ入れないし、洗脳されるって噂《うわさ》」

「洗脳⁉」

思わず声がひっくり返ってしまった。なんと恐ろしいことを言うのか。

相馬と伊沢は『影響団』の一員なのだろうか。そこに優弥も連れ込もうとしているのか。

「優弥が……」

「優弥君がどうかしたんですか？」

「あのいい子がどうかなさったの？」

花井《はない》婦人と佐藤《さとう》さんが訊《たず》ねてくる。

「じつは今日……」

相馬に誘われて優弥が新宿のカフェバーに連れられていったことを打ち明ける。

「和やかに話してたんですが、優弥が帰ったあとの会話を聞いてたら、どうも不穏で。『来週、お参りのあとに『影響団』に連れていきましょうよ』って言ってたんですよね。これって、もしかして勧誘だと思いますか？」

「おそらく。以前新宿の神様と話したときに、近頃あのあたりで妙な勧誘がはやってると聞いたんですよ。若い女性や男性をターゲットに街コンやSNS、オンラインサロンに潜入して、恋人が欲しいひとには『新しい出会いがあるから』とか、悩みごとがあるひとには『いい神様知ってるから』という口実で誘うらしい」

難しい顔で片桐が言うそばで、大野も唸《うな》っている。

「ずいぶんと巧妙なやり口ですな。出会い方こそ自然に見えて、実態は新興宗教ですからね。優弥君も巻き込まれたんだろうか」

「優弥が——俺の優弥が危ない」

「俺の、優弥？」

矢作と小峰が素《す》っ頓狂《とんきょう》な声を上げ、次にはくっくっと笑い出す。

「いやあ、ベタ惚《ぼ》れだねえ叶野君。優弥君にお熱なんだ」

「やるねえ最近の若い神様は。人間から神様になりたてだと煩悩が捨てきれないもんだ」

「すみません……」

「謝ることじゃありませんのよ。優弥君を好きになっちゃう気持ち、私もわかる気がしますわ。晴れの日も雨の日もやってきて丁寧にお参りしてくれる子ですもんね。あの子が小説家になりたいという願い、私も聞いたことがありますもの」

花井婦人が品よく微笑《ほほえ》みながら助け船を出してくれる。佐藤さんはこの間と同じように握り拳《こぶし》を作っている。

「私たちでなんとかできませんか、ねえ片桐さん」

「なんとかとは？」

「もちろん、『影響団』から優弥君を守るんです。ね、それがいいですよね叶野さん」

「でももし、あいつが『影響団』の教義を気に入ったら……俺の出る幕はありません」

「なに気弱なことを言ってるんですか。洗脳されちゃうんですよ、洗脳。『影響団』に取り込まれて、財産をすべて没収されたうえに出家することになるんですよ。あなたの大事な優弥君がそんなことになってもいいんですか？　もしかしたら、小説を書くことも辞めてしまうかもしれませんよ」

「それは――困ります。小説家になるのはあいつの夢だ」

「……ならば、話は決まりですね。来週の木曜日、私たちも優弥君についていきましょう。そして『影響団』がどんな存在なのか、調べましょう」

「それがいい、そうしましょう」

片桐と大野が声を合わせ、叶野を振り向く。

「『影響団』の実態を正確に知るためにも、優弥君に下手な探りは入れないでください。彼には申し訳ないけれど、いまのところはその相馬と伊沢という男を信じさせておいたほうがいいでしょう。優弥君が疑心暗鬼になっていれば、先方も矛先を引っ込めてしまうでしょうから」

「馬鹿高い上納金といい洗脳といい、神様の風上にも置けませんな」

憤慨する大野に、矢作と小峰が気炎を上げる。花井婦人も佐藤さんも真面目な顔だ。

もちろん、片桐も。

真剣な六名を見渡し、叶野は頭を下げた。

「お力を貸してください。どうか、よろしくお願いします」

「神様連合会に任せておけば大事には至りませんよ」

「腕がなるなあ、一発派手にやるか」

「まあまあ矢作さん、まずは視察ですから」

「不謹慎だけどわくわくしてきちゃいますわね。ならず者は私たち本物の神様でとっちめてやりましょう」

「及ばずながら、私もがんばります」

六名がわいわい言い合う中で、叶野も腹に力を込める。

洗脳なんて、させてたまるものか。

# 7

大事な木曜日まで、できるだけ優弥との接触は控えめにした。

『どうして最近部屋に長居してくれないんですか?』

寂しげに言う優弥に胸が痛むが、こちらの状況を明かすわけにもいかない。

『もっと叶野さんと一緒にいたいのに……』

背後からおずおずと抱きつかれ、そっと頭を押し付けてくる優弥にはぐっと来た。このまま振り返って押し倒してくちづけて……と妄想が一気に頭を駆け巡るが、いやいやそんな場合ではない。すべては、優弥を守ってからだ。

『最近、神様としての仕事が多いんだよ。そのうち落ち着くからさ、それまで待っていてくれ。小説、ちゃんと書いてるか?』

『書いてます。最近はノリがいいです』

『また続き読ませてくれよな』

『ふふ、恥ずかしいですけど、ぜひ』

軽いキスとハグだけにとどめること数日。

ようやくその日がやってきた。

各神社はお稲荷さんや狛犬《こまいぬ》たちに留守番してもらうことになっている。あいにく、深吉神《ふかよし》社にはどちらもいないので、大野のところのお稲荷さんを一体借りた。

「ちゃんとお留守番してるのでお土産《みやげ》待ってますこん」

「任せとけ。めちゃくちゃ美味しい油揚げを買ってくる」

「楽しみですこん！」

はしゃぐ狐《きつね》の頭をぽんぽんと撫《な》で、急ぎ深美神社へと向かった。

すでに、神様連合会の面々は勢揃《せいぞろ》いしていた。

片桐も大野も、花井婦人も佐藤さんも、矢作も小峰もスーツ姿だ。

「なぜ皆さんスーツで？」

「なにかあったときのために」

「でも、昼間は霊体でしょう？」

「万が一神様の力がブーストして人間の姿になってしまったときのためだよ」

片桐と大野が堂々と言う横で、淡い色のスーツを着こなした花井婦人と佐藤さんが互いに褒め合っている。

矢作と小峰はネクタイの結び目がゆるく、仕事帰りのサラリーマンのようだ。

「腕がなるねえ。新宿の神様に怒られないようそっと行動しなきゃな」

「とりあえず今日は様子見ということで。相馬と伊沢という男も、優弥君をいきなり『影響団』に入会させたりしないでしょう。さ、皆さん、行きますよ」

片桐がふわりと浮き上がり、全員そのあとをついていく。

ふわふわ飛んでいく七名の神様。

これが人間の目に映っていたらどんな騒ぎになるだろうか。

空中には信号もないしパトカーもいないので、新宿にはあっという間に到着した。

「あそこです。あのカフェバーで相馬と優弥が待ち合わせます」

「ふうん……目立たない店だけど、あまりよくない空気が立ち込めてますね」

「そうなんですか？」

浮きながら店を見下ろす片桐が顎《あご》に手をやる。

「なんというか、一見《いちげん》の客を拒むような雰囲気が感じられます。ごく内輪の者だけに知られている店では？」

「ああ……そうかもしれません。この間も客は優弥と相馬だけだったし」

「伊沢というマスターが相馬と仲間であることは間違いないんですね？」

「はい。優弥が帰ったあと、ふたりして『影響団』の話でほくそ笑み合ってたから」

「あ、優弥君よ」

花井婦人の声に振り向くと、通りの向こうからトートバッグを提げた優弥が店に向かって歩いてくるところだ。

どことなく期待を孕《はら》んだ表情に胸がもやもやする。

これから会う相馬と伊沢に案内してもらい、文筆業に強い神様に会えることに気がはやっているのだろう。いつもより足取りが軽い。

「いますぐ止めたい……！」

「ま、まあまあそう急がないで。慎重に見守りましょう、慎重にね」

大野に肩を叩かれ、深く息を吐き出す。

そうだ。ここで憤っていたら話がこじれる。優弥を救うというのが第一目的だが、怪しい新興宗教と噂されている『影響団』の実態を探る使命もあるのだ。

優弥が店に入っていく。七名の神様も姿が見えないのをいいことに、あとに続いた。

店内には相馬、伊沢の他に見知らぬ女性と男性の計四名がいた。女性と男性は三十代と見受けられる。

事前に知らされていなかったのだろう。優弥がびっくりした様子で、「こ、こんにちは」と律儀に頭を下げている。

「こんにちは～、相馬君から話を聞いてたわ。若いのに信心深いんですって？」

「小説を書いてるんだよね。これから紹介する神様はほんとうにほんとうにすごいパワーを持ってるんだよ。最初のお参りでデビューが決まった小説家さんがいたぐらいなんだから」

「え、すごいですね。そんなに強力な神様なんですか」

「そう。だからごく密《ひそ》かに祀《まつ》られているんだ。神様の力のすごさが広まって大勢のひとがやってきても困るからね」

女性と男性がにこやかに優弥を迎え入れ、テーブル席に案内する。

「なにか飲むかい、優弥君」

マスターの伊沢に、「じゃ、オレンジジュースをお願いします」と優弥が言う。

「アルコールも出せるよ？　いいの、オレンジジュースで」

「ええ、せっかくの神様に会えるんですし、酔った状態なのは失礼かなと」

「真面目なところも好印象だ。ほんとうにいい子だね」

べた褒めされた優弥は終始照れている。その様子を、叶野を含む七名の神様は宙からじっと見守っていた。

「いい子の優弥君にカンパーイ！」

「乾杯」

「乾杯！」

優弥に合わせたのか、全員ソフトドリンクのグラスを触れ合わせる。いまのところ不審な気配はない。

ないと言いたいが、強いて言えば、皆やけに親しげではないだろうか。相馬とマスターもそうだが、ふたりの男女も付け入る隙のない笑顔だ。

――笑いながらひとを陥れるんじゃないだろうな。

「さあ、どんどん食べて食べて。まずは焼き立てのピザをどうぞ」

四人が座るテーブル席にマスターの伊沢がピザを運ぶと、わっと歓声が上がった。

「焦げ目まで美味しそう」

「伊沢さんのピザ、最高なんだよね。熱々のうちに食べよう。ほら、優弥君も」

「は、はい。いただきます」

勧められた優弥がピザをひと切れ手にすると、とろりとチーズが糸を引く。

「うまそ……」

矢作と小峰がそろってごくりと喉《のど》を鳴らしている。

「腹の空かない神様でもこのピザの誘惑はすごいぞ」

「ああ、なかなかのもんだ」

マスターの伊沢をのぞいた四名はピザを片手に、興味津々に優弥の執筆活動を訊《き》いている。

「投稿歴ってどのぐらい？」

「大学二年の頃からだから、四年目だと思います。去年、やっと新人賞の佳作に引っかかったので、担当さんがつきました」

「それでもまだデビューには至らないんだ。小説家さんも厳しい世界だね」

「僕の努力が足りないだけです。もっと精進しないと」

生真面目に答える優弥の隣に座った相馬が気さくに肩をぽんと叩き、「俺なんかもう六年目だぞ」と鷹揚《おうよう》に笑う。

「ここまで来ると忍耐勝負だよ。というか、書いていること自体が楽しいし、編集部からの講評を読むのも面白いから、投稿自体が趣味なのかも。デビューできてもできなくてもまあいいかって心境に来てる。いまはネットの投稿サイトもたくさんあるしね。自分の好きな設定をもりもりに盛り込んだ話を自由に書くのもいいもんだよ。優弥君、投稿サイトには手を着けてないの？」

「じつはやってないんです。ボツになった原稿をネット公開してもいいかなと思ってるんですが、出来があまりよくなかった作品をいろんなひとに見てもらうっていう勇気がなくて」

「いやいや、ネット公開も結構楽しいよ。小説好きの一般人に読んでもらえてあれこれご指摘いただくのも勉強になるし、いい新人がいないかって編集者もよくチェックしてると聞くしね」

「最近はネット投稿がきっかけでデビューする方も増えましたもんね」

「今度やってみようよ。僕が投稿してるサイトは読者さんも温厚で、胸が痛むようなレビューもあまりつけられないよ。せっかく書いたのに、日の目を見ない作品が溜《た》まっていくのも寂しいだろ？」

「そう、ですね」

優弥がこころ動かされているのがわかる。

やきもきしながら見守るというのもなかなか難儀だ。肉体のある人間だったら、「なんか怪しい奴ばっかだぞ。帰ろう」と優弥の手を引くこともできるのに。

生前、神様というのは願いごとを叶えてくれる尊い存在なのだとぼんやり考えていた。それこそ、「神様になりたい」なんて願ったことは一度もないほどの遠い存在で、皆に敬われ、こころの拠《よ》り所のひとつ、という印象だった。

——営業成績が伸びますように。

——いまついているお客様がどうか新車を購入してくれますように。願わくば、オプションもたくさんつける気になってくれますように。

カーディーラーの営業マンだったから、たいていは仕事に関する願いごとばかりだった。実際、叶っても叶わなくてもさして気にするほうではなかった。死ぬ寸前まで健康だったせいもあるだろう。

片桐や佐藤さんのように、若くして病に倒れたひとびとの胸中は計り知れない。どれだけ神様に願ったことだろう。

生きてさえいれば、たいていのことはなんとでもなる。夢を持っていてもいなくても、たとえ神社を素通りしたって構わないと神様になったいまではそう思う。

すこやかで、穏やかに暮らせることがなにより大事だ。

志半ばで事故に遭った自分がそう思うのだから間違いない。

優弥はまだ若いのだし、たくさんのチャレンジをして欲しい。そして、できれば諦《あきら》めずに小説を書き続け、デビューにこぎ着けて欲しい。

――神様にすがらずとも、おまえにはおまえだけの魅力があるんだ。大丈夫。

今度会えたらそう言おう。

実際、優弥がお参りに来なくなる日々を考えただけで寂しくてたまらないのだけど。

「そういや、僕が投稿しているサイトで物書き同士切磋琢磨《せっさたくま》するコミュニティがあるんだけど、優弥君、興味ある？」

「どんな活動内容なんですか」

相馬が切り出した話題に、優弥はそそられたようだ。

「それぞれ課題を出し合ってクリアしていくんだ。たとえば週末の一時間で短編を書き上げるとか、四季の花々に沿う話を書いたりとか。学生時代のサークル活動みたいに気楽な感じでやれるよ」

「へえ、楽しそうですね。ボツ作を発表するよりは、新しく書き下ろすほうが性に合ってるかも」

「だったらこのあと、ちょっとメンバーに会ってみる？　たいていはネットで話すんだけど、たまに直接会って、執筆について軽く喋《しゃべ》ったりもするんだ。優弥君だったら自信を持って紹介したいな」

「いいんですか？　僕みたいな新顔が突然現れて……」

「問題ないない。みんなやさしくて、話しやすいよ。小説を書くっていう大きな目標があるから結びつきも強い。僕としては、優弥君がいま書いている遠恋の話を皆に披露して、もっと煮詰めるのはどうかなと思うんだ。君さえよければ、なんだけど」

「ううん……」

「せっかくだから会うだけ会ってみたら？　小説を書くうえで、ひととの出会いってきっと大切だと私も思うし」

女性がにこやかに言い添え、男性も隣で深く頷いている。

「人間観察って大事だよね」

「……確かに。ひとの縁って大切ですもんね」

「お、じゃあ場所を変えようか。この近くのマンションにメンバーのひとりが住んでいて、今日はちょうど集会の日なんだ。挨拶だけでもよかったら。伊沢さん、お会計お願いします」

即座に立ち上がった相馬が各人から千円ずつ徴収し、「あとは僕が持つよ」と言う。

「そんな、申し訳ないです。ちゃんと端数まで出します」

「いいっていいって、これぐらい。優弥君、バイト暮らしだろう？　出世払いってことでひとつよろしく。僕より先にデビューしてじゃんじゃん稼いでくれたらそのとき一杯奢《おご》ってよ」

「すみません……ご馳走になります」

「遠慮しないで。もう私たち仲間じゃない。こんなに楽しい食事を一緒にしたんだから」

「そうそう、気兼ねしないで。困ったことがあったらなんでも俺たちに相談して」

周囲に言われ、優弥は恐縮している。

「うまい取り込み方ですね」

事態を眺めていた片桐が眉《まゆ》をひそめる。

「恩を売って相手のこころに食い込んで、多少の罪悪感と感謝を巧みに植え付けている。優弥君が逃れられないように。新宿三丁目にある神社の話が消し飛んでる。それよりもっと濃い繋《つな》がりのありそうなコミュニティに引き込もうとしているのが勘に障りますね。神社の件は誘い水のひとつだったのかもしれない」

「あ、移動するみたいだ。皆さん、行きましょう」

四人が肩を並べて店を出ていく。慌てて叶野たちもふわふわついていった。

談笑しながら練り歩く彼らは、カフェバーを出て十分ほどのところにある小綺麗《こぎれい》なマンションへと入っていった。築年数は浅いのだろう。クリームベージュの外壁は清潔で、玄関もオートロックだ。

相馬以外の男女ふたりとも初顔合わせなのに、まだ新しい出会いを優弥に経験させようというのか。

優弥はいい子だ。律儀で、真面目だ。神様連合会と顔合わせしたときも仰天していたものの、普段から神様を信じているせいか、思いのほかすんなりと受け入れてくれた。

しかし、生身の人間はどうなのだろう。

疲れていやしないか。気を遣いすぎていないだろうか。

彼には姿が見えていないのを承知で、そうっと近づいて顔をのぞき込む。

くちびるを引き結び、瞳はまっすぐ前を見ている。表情が硬い。やはり、緊張しているようだ。

早く夜になってしまえ。そうしたら御神酒を呑《の》んで実体化し、優弥の肩を存分に揉《も》みほぐしてやる。

相馬がタッチパネルで五〇一の部屋番号を押し、『はーい』と明るい男の声が響く。

「僕だよ、相馬だ。新しいゲストを連れてきたんだけど、いいかな?」

『もちろん!　いま開けるよ』

ほどなくしてロックが解除され、四人は連れだってドアをくぐっていく。

そこで謎に思う。

相馬が持ちかけた話だから彼が優弥を連れていくのはいいとして、あとの男女ふたりはどういう理由でついてきているのだろう。

彼らは小説を書いているとひと言も言っていない。相馬と優弥の話を興味深そうに聞いていただけで、相馬が属するサイトのコミュニティとは縁がないはずなのに。

「おかしいな、なんでこいつらまでついてきてるんだ？」

「俺も変に思う」

小峰と矢作が言い、花井婦人と佐藤さんも不安そうな面持《おもも》ちだ。

「優弥君、うまいこと言いくるめられているんじゃ……」

「流れに逆らえず、連れてこられてしまった気がしますわね。どうしましょう、片桐さん」

「……もうすこしだけ様子を見ましょう。任せてください。大事になりそうなら、神様としての力を発揮してでも優弥君を守りますから。いいですね、叶野さん」

「はい」

みぞおちに力を込め、ＳＰのように優弥のうしろにぴったりつく。実存する相馬になど負けるものか。

この期《ご》に及んで、人間と張り合う自分が可笑しくて、歯がゆい。

生きている間は、迎える明日にすこしの不安と期待だけがあった。仕事をこなし、夜になったらビールを一杯呑んですやすやと寝て、明日の朝が来ることを疑いもしなかった。

実際、その明日はやってきたのだが、正午過ぎに衝突事故が起きて自分は死んだのだ。

あのとき死んでいなかったら。

人間のままでいたら、どうしていただろう。客に笑顔で車を引き渡し、「よくやったな」と同僚や上司からねぎらわれ、他に抱えている顧客のケアに奔走していたはずだ。

そして、その日々に優弥は現れていなかっただろう。

そう考えると、あっさり死んでしまったことは名残惜《なごり》しいが、優弥に出会えたのだから死んだのもそれはそれで運命だったとも言える。

よもや神様になるとは思ってもいなかったのだから、人生とは不思議なものだ。ひととして生きたあとにも続きがあるなんて。

エレベーターに乗る四人から先回りして、叶野ら七名の神様は五階の一号室へと急いだ。どんなに頑丈な鍵をかけられていたってへっちゃらだ。自分たちは神様なのだから、分厚い鋼鉄の扉だってすり抜けられる。

「男のひとり暮らしに見せかけておいて、結構な大人数が集まれる部屋だな。４ＬＤＫもあるよ」

「鍵がかかった部屋もあったぞ」

シュッと部屋をひと回りしてきた小峰矢作コンビの報告に、片桐が「鍵？」と眉を撥《は》ね上げた。

「開けられないのですか」

「それが不思議なんだよ。向こう側から強い圧を感じて。俺たちの力じゃ開かなかった。片桐さんなら開けられるんじゃないのか」

「鍵のかかった部屋……怪しいですね」

すうっと問題の部屋に向かった片桐が、間もなく渋面で戻ってくる。

「私でも開きませんでした。部屋の中に謎の力を感じる……」

「俺らが知らない神様でもいるんですかね」

叶野が問いかけると、続いて様子見をしてきた大野が首を横に振った。

「違いますね。神様じゃない、生きた人間の強い意志で扉が閉じられている。もしかして、ここが『影響団』の本拠地ではありませんか」

「それにしてはやや狭い気が。噂によると『影響団』には百名余の会員が集っているはずです。その全員がここに入れるとは思えない。となると、東京支所とか」

片桐の言葉に背筋がぞくぞくしてくる。

『影響団』は、想像したより大規模な組織なのだろうか。

「全国展開してるとかかな……」

「その可能性はありますね。……あ、来た」

優弥たちが部屋にやってきた。叶野たちは二十畳ほどあるリビングの片隅、天井付近に固まる。彼らは六人掛けのテーブルにつき、部屋の主が「紅茶とコーヒー、どっちがいい？」

と訊ね、皆、紅茶に手を挙げた。

「俺は飯沼均《いいぬまひとし》。よろしくね」

ティーカップを各自の前に置きながら、部屋の主――飯沼がにこにこする。フレームレスの眼鏡をかけた理知的な美形で、三十代後半だろう。

「わ、結構イケメン」

「目の保養になりますわね」

佐藤さんと花井婦人がひそひそ声で褒め合っている。確かに目を瞠《みは》るほどの美しい男だ。百八十センチ超えの叶野に負けず劣らずの身長で、がっしりした体軀《たいく》をしている。

「このひとが『響き合う会』コミュニティのマスターなんだ。飯沼さん、こちらは投稿仲間の久住優弥君」

「初めまして。相馬に無理やり連れてこられなかった？　こいつ、穏やかに見えて結構強引だから」

「そんなことないって。優弥君、ネット投稿をしたことがないっていうから、うちの気楽なコミュニティはどうかなと誘ってみたんだよ。な、優弥君」

「は、はい。お誘いいただいて光栄です。『響き合う会』というのがコミュニティの名称なんですか」

「そう。ちょっと詩的だけど、書き物同士共鳴するところが多いだろう。そんなわけで俺が

名付けたんだ」

「それにしても広くて素敵なお部屋ですね。コミュニティの皆さんがよく集まるんですか？」

「うん、普段はネットで話してるけど、たまに合宿みたいなこともするんだ。優弥君、って俺も呼んでいいかな。優弥君は原稿合宿ってしたことある？」

「いえ、ないです」

「楽しいよ。同じ志を持った者同士で、最近読んだ本を紹介し合ったりとか、互いの原稿を読み合っていろいろレビューしたりとかね。もちろん、ポジティブな言葉で」

「飯沼さんが穏やかな人柄だから、皆に親しまれてるんだよ」

「またまた、褒めたってクッキーぐらいしか出ないよ」

「わっ、飯沼さんお手製のクッキー！　外がサクサクで中はしっとり、抜群に美味しいんだよね。今日も食べられるの？」

「もちろん」

木製のトレイに盛り付けたクッキーをテーブルの中央に置き、飯沼が腰掛ける。

「さあ、どうぞ。優弥君も遠慮なく」

「ありがとうございます。……ほんとうだ、すごく美味しいです」

甘いクッキーで幾分か気が解《ほぐ》れたのだろう、優弥が顔をほころばせる。

「優弥君、いまはどんな話を書いてるの？」

「遠距離恋愛をテーマにした話です。女性が遠く離れた恋人をどう想うのか、せつなくてもどかしい気分をどう書いたらいいのかすこし迷ってたんですけど……ちょっとわかるようになってきました」

「お、もしかして実体験？」

「そういうわけじゃないんですけど、あの、まあ、最近、親しくしているひとがいるんですけど、いろいろと事情があって、そう簡単に会えなくて……そのひとのことを想いながら書いたら、だいぶよくなったような気がします」

「いいね、やっぱりフィクションとはいえ、どこか本物の気持ちが入ってると引きずり込まれる感覚が違うよ」

「だといいんですけど」

優弥が照れながら鼻の頭をかく。

「……いまのって、もしかして叶野さんのことじゃないんですか」

佐藤さんがくすりと笑いながら囁《ささや》いてくる。

「そうかも。相思相愛だったらロマンスですわねえ」

花井婦人も口に手をあてころころ笑っている。

なんだか気恥ずかしいが、ほんとうにそうだったらどんなに嬉しいか。

「恋人はいるの、優弥君」

「いえ、あの、……ええと、……あの……好きなひとは……います」

相馬の問いかけに、優弥が頬を赤らめてうつむく。

「おっ」

「おお」

「これは決まりだね、やったね叶野君」

矢作小峰コンビと大野に肩をバンバン叩かれ、「いやいや、俺と決まったわけじゃ」と返すものの、口元が緩む。

——恋人か。実際に生きていたら胸を張ってそう言えるんだよな。

俺の優弥、と皆の前で口走ったことを思い出し、ひとり照れる。

そうだ、俺の優弥だ。

神様の身ではあるが、最初から優弥には惹かれていた。

雨の日も晴れの日もきちんとお参りしに来る優弥。

御神酒も忘れず、ささやかな願いごとをする優弥。

なんとかいまの原稿をうまく進めさせて華やかにデビューさせてやりたい。

「好きなひとがいるんだ。その恋、成就させたくない？」

「え？」

「山梨のほうにめちゃくちゃ恋愛に強い神様がいるんだ。優弥君さえよかったら、一緒に行かないか？　今度、『響き合う会』の仲間で原稿合宿がてら、山梨に遊びに行くんだ。そこね、恋愛もだけど、文筆業にも力を授けてくれる神様として密かに知られているんだ」

「そうなんですか、山梨にそんな神様が……初耳です」

なめらかに話す飯沼に、「来た来た来た」と大野が身を乗り出す。

「インチキ神様のご登場か？」

「こりゃ怪しいぞ。恋愛成就と文筆業を成功させる神様が山梨にいるなんて聞いたことがない。片桐さん、ご存じですか？」

「いいえ、私も初耳です」

神様全員、固唾《かたず》を呑んで見守る。

「俺ね、山梨に温泉付きの別荘を持ってるんだ。コミュニティの仲間と車を出して、よく行くんだ。料理上手なお手伝いさんもいるし、執筆向きの部屋もあるし、おすすめだよ。せっかくこうして出会えたんだ。来月とか、どう？　二泊か三泊で」

「え、っと」

「優弥君、俺からもおすすめ。僕もちょくちょく参加させてもらってるけど、皆、気さくで楽しいよ。昼は軽くウォーキングして、夜は各自部屋で執筆。疲れたら二十四時間いつでも入れる温泉でのんびり星を眺めるというのもオツなもんだよ」

相馬も積極的に推してくる。

「でも、旅費が……」

「平気平気、車も出すし、泊まるところもタダ。ノートパソコン持ってる？」

「持ってます」

「だったらそれと着替えだけ持っておいでよ。新鮮な空気の中で原稿を書くっていうのも、なかなかいいものだよ。こういう都会暮らしは便利だけど、たまには気分転換も必要」

「ね」

飯沼と相馬が口々に言い、優弥の瞳が揺れ動いている。

すこし警戒しているようでいて、行きたそうな顔だ。

普段、コンビニで懸命にバイトし、アパートでじりじりと原稿を書いている優弥にとって、飯沼のプランは魅力的に映るのだろう。

「絶対ヤバい。原稿合宿と言いながら、洗脳合宿になったらどうするんだ」

「実際、もう半分取り込まれてるようなもんだぞ」

勘の鋭い矢作と小峰に、花井婦人と佐藤さんもハラハラした顔だ。

「どうします、片桐さんの力でなんとか食い止められませんか」

「このままじゃ優弥君、合宿に参加しかねませんわ」

「片桐さん」

——気づいてくれ優弥。これは絶対罠《わな》だ。おまえを誘い込もうとしてる罠だ。

この声が届けばいいのに。

喉を嗄《か》らしてでも叫びたい。優弥をここから引き剝がしたい。その一心で願った。まるで生前、神様に願うように。

ふと、優弥が顔を上げてこちらを見る。そこに叶野の姿を探すように。実際は見えていないはずだが、気配を感じるのだろうか。

一瞬、視線が交わった気がした。

ほんとうに気のせいだろうけれど、黒目がちの優弥の瞳に胸が熱くなる。

――優弥、気づいてくれたか？　ここにいる、俺はここだぞ。


『叶野さん――そこにいますか？』


優弥のこころの声が聞こえてくる。

いるぞ、ここにいるぞと繰り返す。どうか彼に気配だけでも届いてくれるようにと願いながら。

『きっと、いてくれますよね。僕のこと、見守ってくれていますよね。いつだって、どんなときでも、どんなところにいても』

ああ、そうだ、そのとおりだ。俺はおまえのそばにいる。いつでも、ずっと。

懸命に念を込めた。周囲の神様たちにはバレバレだろうが、恥ずかしがっている場合ではない。

優弥は浅く顎を引き、こころを決めたように相馬たちに向き直った。

「……ちょっとだけ時間もらえますか？　バイトのシフトもありますし」

優弥が言い出したことで、神様全員がほっと胸を撫で下ろす。ひとまず、強引に連れて行かれることだけは避けられそうだ。

「えー、せっかくだから今日決めちゃわない？　こういうのってタイミングが重要だし」

相馬が粘る。「そうそう」と飯沼も追従するが、優弥は思案顔だ。

「いったん帰ってバイトのシフトを店長と相談してみます。できるだけ早めにお返事しますから。お誘いいただいている身なのにすみません。でも、嬉しいです」

「いい返事期待してるよ」

「皆で楽しもうよ」

追いすがる相馬たちに優弥は頭を下げ、席を立った。

「僕、そろそろ帰りますね。バイトの時間が迫ってるので」

「あ……ああ」

「相馬さん、またネットで」

皆に一礼して、優弥は玄関へと向かう。そのあとを神様がぞろぞろとついていく。もしもここで相馬なり飯沼あたりが引き留めようものなら、なんとしてでも阻止するつもりだったが、優弥は無事に靴を履き、部屋を出ていった。

「……はあ、しくじったかな」

「話の持って行き方が強引でしたかね。でもまだ脈がありそうだし」

「そうだね。もうすこし粘ろう」

相馬たちの不穏な言葉を神様全員が聞いていた。

# 8

「優弥、優弥！」

その晩、叶野は御神酒を呑んで優弥の部屋に走った。バイトだと言っていたから不在の可能性があったが、行かずにはいられなかったのだ。

部屋のチャイムを鳴らすと、かしゃりとドアノブが回る。

「叶野さん……会いたかった……！」

「優弥……」

扉を開くなり、優弥がぎゅっと抱きついてくる。その背中をやさしく撫で、「今日は大変だったな」と顔をのぞき込む。

「相馬やら飯沼やら、いろいろと話して疲れただろ」

「全部知ってるんですか？　やっぱり神様に隠しごとはできませんね」

気恥ずかしそうな彼に、入ってください、と手を引かれ、室内に上がる。ほっとする、いつもの優弥の部屋だ。

「麦茶でも飲みますか。それともビールとか」

「ビールがいい。おまえの無事の帰還を祝って」

「わかりました」

照れくさそうにくすっと笑う優弥が冷蔵庫から缶ビールを二本取り出し、手渡してくる。

ベッドに背を預け、ふたり並んで床に腰を下ろした。それからプルトップを開け、互いに缶の縁を軽くカツンと触れ合わせる。

「お疲れ」

「叶野さんこそ。もしかして、神様連合会の皆さん勢揃いで僕を見守っててくださったんですか。いつもより背中がぽかぽかしたし、大勢の温かい気配を感じたから」

「ん、……まあ、その、心配だったからな」

『影響団』のことを言うか言うまいか逡巡《しゅんじゅん》したものの、目の前でにこにこしている優弥を見ていたら、いまはまあいいかという気分になる。とにかく乾杯だ。

ぐっとビールを呷《あお》り、口元を拳で拭う。優弥も喉を鳴らして美味しそうに呑み干していた。そのくちびるの端に白い泡がついているのを見て取り、笑いながらひと差し指で拭ってやる。

「旨《うま》そうに呑むんだな、おまえ」

「ふふ、叶野さんがいてくれるから。……僕、重たくないですか？　しょっちゅう会いたがったりして」

「俺だって同じ気持ちだ。ほんとうに生きていられたらなって何度も思う。神様になったからこそ優弥に出会えたけどさ……でも、いろいろと制限があるだろ」

「夜しか会えないですもんね」

「ああ。現世に生きていたら、時間を問わずおまえと一緒に過ごせてた。なんだったら、同居してたかもな」

「……ほんとうに？　ほんとうに、そこまで考えてくれてます？」

優弥が振り向き、じっと見つめてくる。

そのひたむきさに、叶野は弱いのだ。

今夜こそその肩を摑《つか》んでベッドに組み敷き——素早く脳内を駆け巡るあれやこれやをビールで無理矢理呑み下す。

「……そう煽《あお》るな。俺だって男だぞ。神様だけど」

「え、……え、あの僕……なんか変な目つきしてました……？」

ますます優弥が身体《からだ》を擦り寄せてきて、悩ましい。

水無月《みなづき》の終わり。蒸した夜だが、室内はエアコンが効いていて心地好い。神様の状態では暑さも寒さも感じないのだが、肉体を持つと普通に汗をかくし、優弥のほんのり色づいた目元にもぞくりとする。

「おまえ、酒弱いだろ。たったひと缶のビールで俺に寄りかかったらバリバリ頭から食われちまうぞ」

笑い交じりに流そうとしたのに、もじもじする優弥は意を決したように腕を絡め、こつんと叶野の肩に頭をもたせかけてくる。

「……神様はなんでもお見通しなんでしょう？　だったら、僕がなにをどう思っているのか、叶野さんは知ってるんじゃないですか」

「……優弥」

「毎日会いたい、会えない日は寂しい。会えたら会えたで、帰って欲しくないってことも、全部」

ぽつぽつと語る優弥が可愛《かわい》すぎて頭がくらくらしてくる。

「煽るなって言っただろ……」

「僕、すこしは煽れてます？　……叶野さん、どうかなっちゃいますか？」

「こら」

額《ひたい》を指でつつくが、優弥はひしとしがみついてくる。

「こうしていれば、ここに叶野さんがいるって実感できます。……叶野さんは、意地悪です。僕の気持ち、もうとっくに知ってるくせに。それとも、わざと知らないふりをしてるんですか？　……僕は、叶野さんが好きなのに」

「優弥……」

ぐっと息を呑み、真剣なまなざしの優弥を見つめる。

いまここで押し倒さなかったら男じゃない。

潤んだ瞳、紅潮した頬。なにか言いたげにかすかに開いたくちびる。

もう、我慢の限界だ。神様だなんだと言っていられるか。肉体を持っているいま、このときを逃してなるものか。

「……叶野、さん……？」

「おまえは馬鹿だ。神様の俺なんかを好きになって」

理性を振り切り、優弥の両頬を包み込んで深くくちづけた。

優弥が息を呑む。それでも構わずに、ちゅ、ちゅ、とくちびるを吸い取っていけば優弥の身体から次第に力が抜け、くにゃりともたれかかってくる。

背中にしがみつかれるのが愛《いと》おしい。

くちびるの表面を重ねているだけでは物足りなくて、指で顎を押し下げ、口を開かせる。ねろりと舌を割り込ませて惑う優弥を捕らえ、吸い上げる、ちゅく、と淫《みだ》らな音が響いた。

「ん……ふ……っ」

くぐもった声を上げる優弥の後頭部を摑み、さらに舌をねじ込んだ。上顎をちろちろと舐《ねぶ》り、舌の根元からきつく搦《から》め捕る。じゅるっと吸い取ると優弥はちいさく身体を震わせ、反射的に逃げようとしてもがく。しかしそれをしっかり押さえ込み、強く貪《むさぼ》れば、次第にもたれかかってきて、濡《ぬ》れた目で見上げてきた。

可愛い。可愛くてしょうがない。

優弥の腰を摑んでベッドにずり上がらせ、横たえる。彼に覆い被さって甘く濃密なキスを続けながらだんだんと首筋へと下りていく。

「あ……」

鎖骨の溝を舌先で丁寧に舐《な》めると、優弥が掠《かす》れた声で呻《うめ》いた。薄く透明感のある肌の下、熱い血が流れている。斜めに切り込んだ鎖骨の在処《ありか》を確かめるように執拗《しつよう》に舐っていけば、彼の息遣いが浅くなった。感じやすいのだろう。

身悶《みもだ》える華奢《きゃしゃ》な身体を押さえ付け、焦れる指先で彼の服を剝いでいった。Tシャツをすっぽりと頭から脱がせ、薄く汗ばんだ平らかな胸にそっとくちづける。

「……かの、う、さん……っ待って、あ、あの、シャワーかお風呂……入ります、から……っ」

「だめだ。今日こそおまえの全部をもらう」

「全部……って……、最後まで……するんですか……？」

「そうだ」

きっぱり言うと、優弥が首筋までじわじわ赤らめ、「こ、こころの準備が……」なんてこの期に及んでまだ可愛いことを言う。

「充分できてるだろ。俺がこの部屋に来た瞬間、抱きついたときに」

「それは――ものの弾みというか」

「俺に抱かれるのは嫌か？」

念を押すと、目を潤ませた彼はちいさくかぶりを振る。

「……嫌じゃ、……ありません」

「だったら俺のものにしていいか」

「……う、もう、……もう、意地悪……！」

握った拳で胸をぽかすか叩かれた。

「聞かせてくれ優弥。おまえの口からイエスと聞きたい」

視線をさまよわせていた優弥が、そのひと言にぎゅっと瞼《まぶた》を閉じる。

そして、ちいさなちいさな声で呟《つぶや》いた。

「僕の……全部を、あなたにあげます」

「わかった。今日をかぎりに疑似恋愛は終わりだ。俺とおまえは本物の恋人同士だ。（仮）はもう必要ない」

「……はい」

覚悟を決めてくれた優弥のくちびるを甘く吸い、再び胸をまさぐった。

「おまえのここ、ちいさくて可愛いのな。桜色で齧《かぶ》り付きたくなる」

ほのかに色づく胸の尖《とが》りを口に含み、くちゅくちゅと舐り転がす。

「あ……あっ……ん……んん……っあ……」

舐められるのに弱いのか。優弥が両手で頭を掴んでくるが、やめてやるものか。

この身体、指一本、爪《つめ》一枚まで自分のものにしたい。

口の中で乳首をこりこりと舐《ねぶ》り回し、根元にがじりと噛《か》み付く。

「ッあ……！」

甘い声が跳ね飛ぶ。軽い痛みと快感に翻弄《ほんろう》される優弥が身体をよじらせるので、もう片方の乳首も指でつまんでねじり回す。

硬くこりっと芯が入った尖りをくにくにと揉み潰《つぶ》すだけで、自分もおかしくなりそうだ。指先で感じる弾力を愉《たの》しんだあとは、絶対に嬲《なぶ》りたくなる。

ちゅうちゅうとしつこく乳首を吸い上げ続け、ぽってりと赤くふくらんだところで満足して口を離した。

「いじらしいな、もう真っ赤だ」

「……あ、なたが……いじりまわす、から……っ」

「ああそうだ。他の誰にもこんなことさせるなよ」

「ん、うん……」

もはや優弥は涙声だ。こんな感じやすい身体、誰ひとりとして触れさせるものか。

ツキンと尖った乳首を指の腹で転がしながら顔をずらしていき、腋《わき》の下をねっとりと舐め上げる。なめらかな優弥のそこはひどく舐めやすく、くぼみのラインを舌でなぞり、嚙み痕《あと》をつけたくなる。

実際軽く食《は》んでやれば優弥の身体はびくんと跳ね、くすぐったさと快楽に苛《さいな》まれているようだ。

今度は臍《へそ》。ちいさなへこみをくりっと舌先で抉《えぐ》る間も、ボクサーショーツで隠された硬いふくらみを愛撫《あいぶ》する。

「ん、ん、あ、っ、ぁ、かの、う、さ、ん」

途切れ途切れの声を聞きながら、ゆっくりと優弥の下肢を下着の上から揉み込んでいると、じゅわっと熱いものが染み出してくる、それに気をよくしてボクサーショーツの縁を引っ張れば、ぶるっと鋭角に性器がしなり出た。

握りやすく、舐めやすそうな肉茎の根元を摑み、躊躇《ためら》いなく先端から頰張る。

「ッ、あ――……っ！」

弓なりに反り返る優弥を押さえ込み、形のいい亀頭をれろれろと舐り回した。同性のものを口で味わい尽くすことに嫌悪感はみじんもない。優弥のものだったらなんでも欲しい。

汗も、性器の先から滲《にじ》み出す愛蜜《あいみつ》も。

ひとしずくたりとて、誰にも渡すものか。

斜めに反り返る肉茎を根元から扱《しご》き上げ、先端をぐちゅぐちゅと舐る。尖らせた舌先で割れ目をくすぐると、びくびくと優弥の身体が波打つ。

「や……あ……あっあっ」

「嫌か？　やめておくか？」

「う……う、……や、……やめない、で……」

交差した両腕で目元を覆い隠す優弥は快楽に啜《すす》り泣き、愛蜜をトロトロと零《こぼ》す。薄い下生えに垂れ落ちるそれも舌先で舐め取り、双玉をつんつんとつつく。

蜜がたっぷり詰まっているそこを片方ずつ咥《くわ》え、熱い口内で転がすと優弥は息も絶え絶えだ。

「気持ちいいか」

「んっ、うん……っ」

優弥の声が弾む。感じすぎて、もう暴発しそうだ。

「だめ……っだめ、叶野、さん……っも、ぉ、イきそう、だから……離し……っ」

「俺の口でイってみろ」

「あぁっ……や、や……ん……ンン……っ……イく、イっちゃ……！」

亀頭を舐り直すと、優弥の身体がバウンドし、びゅくっと熱いしずくがほとばしる。

とろりと濃いそれを飲み下し、最後の一滴まで啜った。

「も……もう……ばか……！」

「ああ馬鹿だ。まだこの先もあるぞ」

しゃくり上げる優弥の両足を大きく開き、膝裏《ひざうら》を持ち上げる。

慎ましやかな窄《すぼ》まりに、ごくりと喉が鳴った。ここを舐め解し、奥深くまで突き挿《い》れるのだ。

ちろりと小孔の周囲を舐め回せば、優弥の背がぐうんとしなる。

「あ――……！」

嬌声《きょうせい》を抑えきれないらしい。必死に、感じる顔を両腕で隠そうとしているのをいいことに、無防備に晒《さら》された窄まりにそっと指で触れた。

かりかりと引っかきながらこじ開け、尖らせた舌先をねじ込む。ひどく熱いそこは指を埋め込んだだけで淫靡《いんび》に蠢き、絡み付いてくる。

「とろっとろだな、おまえ。初めてなのに感じてくれてるのか？」

「やだ、そこ……っん、ん……っあぁ……っ」

内腿《うちもも》にぐっと指を食い込ませて両足をさらに割り開き、ぬくぬくと舌を挿し入れる。そうすることで優弥の中が熱く潤み、やわらかに解《ほど》けていく。

舌で味わうのも、指で確かめるのもいい。

こじ開けたそこに指をゆっくり忍び込ませると、ぬちぬちといやらしい肉襞《にくひだ》が纏《まと》わり付いてきて離さない。

やだ、いやだと優弥は抗《あらが》うけれど、身体は正直だ。

ひと差し指の第二関節まで飲み込ませ、上壁をじっくり擦《こす》る。そうするともったりとした熱いしこりが見つかり、嬉しくなってそこを指で挟み、きゅっきゅっと揉み込む。

「ここが前立腺だ。おまえの一番気持ちいいところだ」

「——ぁ……っあ、ん……あっあぁ……っ」

ひくつく優弥の中を探っているだけで昂《たか》ぶる。ようやくひとつになれそうだ。今夜もスーツ姿で現れたので、ネクタイの結び目に指を挿し込んで抜き取り、ジャケットを脱ぎ落とし、ワイシャツのボタンを外していく。

そのすべてを、優弥がぼうっと熱に浮かされた目で見つめていた。

ベルトをゆるめ、スラックスの前をくつろげて脱ぎ去ると、大きく、硬く盛り上がったそれが優弥を釘付《くぎづ》けにする。いまにも下着からはみ出そうな雄芯をなだめる手段はない。

思いきって下着を脱げば、臍につくほど太く反り返った己があらわになり、優弥が瞳を見張る。

「……叶野さんの……おおきい……」

「だろ？」

おまえが気に入るといいけどな。

叶野は自身のそこを根元から扱き上げて逞《たくま》しく育て、張り出した亀頭を優弥の窄まりにぴたりとあてがう。

「挿れるぞ」

「ん、……ん……！」

ぐっと腰を沈めれば、優弥が奥歯を噛み締め、狭いそこで叶野を迎え入れる。自分で言うのもなんだが、雄々しいほうだ。未体験の優弥にはつらいだろうと案じ、すこしずつ、すこしずつ腰を送り込んでいく。

すぐに蕩《とろ》けそうな肉襞を傷つけたくないから、最初はやさしくしなければ。

「あっ、ん、ん、っう……」

「息しろ優弥、深く息を吸い込んで吐くんだ」

「ん……！」

眉をひそめ、睫毛《まつげ》の先にきらきらと涙を纏わり付かせる優弥がこくこく頷く。

「苦しいか？」

「ん……っん、あ、あ、待って、すこし、待っ……っ」

「大丈夫だ。俺に任せろ」

己の形が優弥の中に馴染《なじ》むよう中程まで埋め込み、じっと待った。

優弥が震える瞼を開き、両手を伸ばしてくる。

「……ぎゅって、してください」

「ああ」

言うとおりに強くかき抱き、ゆるく腰を遣う。

ずくずくと押し込めば優弥の内襞がきゅんと蕩けて締まり、叶野を離さない。

脳髄まで甘く痺れるような快感にすぐ達してしまいそうなのを堪え、だんだんと激しく突いていく。

未熟に震える優弥の中が次第に淫らに蠢き、熱く火照《ほて》り、叶野を搦め捕る。

「いい子だ、おまえは。俺のすることにちゃんと反応してる」

「ん、ん、っ」

ひっきりなしに喘《あえ》ぐ彼のくちびるを貪りながら突きまくり、四肢が細かに震えるのを知って、最奥にぐりぐりと亀頭を擦り付ければ、「あ……！」とひときわ高い嬌声が上がった。

「あぁっ、も――だめ、だめ、なんか、きちゃう……！」

「……俺もだ」

激しく腰を振るい、優弥が掠れた声とともに絶頂に達するのを見届けると、精一杯堪えた熱いしずくをどくりと撃ち込む。

「あ、あ、叶野――さん……っ」

一度放った情熱はなかなか収まらず、優弥の中をいくらかき回しても足りない。熱っぽさを惜しむように出し挿れを繰り返し、余韻を愉しんだ。優弥が息を切らし、汗で湿る背中を抱き締めてくる。

「叶野さん、嬉しい……嬉しいです、あなたとやっと……」

「好きだ優弥、……おまえだけが好きだ」

「……うん、僕も。……こんな僕をずっと見守っていてくれていたあなたが……好きです」

満たして、満たされて、優弥と抱き合う。

いま息の根が止まってもいい。いや、そもそも神様だから呼吸の有無は問えないのだが。

多すぎる精を受け止め切れない彼が、「もっと……」と呻く。

「もっと、叶野さんを……感じたいです。朝にはいなくなってしまうんでしょう?」

「ああ、でも……時間はまだある。そう泣きそうな顔するな」

「……はい」

繋がったまま、優弥の耳元で囁いた。

「好きだ優弥。もうすこしだけ俺につき合ってくれよな」

「僕を、置いていかないでください」

甘くせつない声が鼓膜に染み込む。

置いていかない、どこへでも連れていってやる——そう約束できないことをせつなく思いながら。

# 9

優弥とやっと契りを交わせた。

もういつ昇天したっていいぞと日々噛み締めたものの、いやもう神様だからこれ以上は望めないのだが。

暦は文月《ふづき》。早くも真夏の太陽がさんさんと降り注ぐ日が続いている中、叶野はひとびとの願いごとを聞きつつ、呻吟《しんぎん》していた。

優弥への愛情が深まっていくのはいいことだが、大問題が片づいていない。

『「影響団」に入れますように。仕事の成績が上がると聞きました』

『「影響団」のメンバーと仲よくなれますように。片思いが成就する神様に紹介してくれると友だちがアドバイスしてくれました』

『「影響団」に入信したいです。おばあちゃんの病気が治るって噂で聞きました』

影響団、影響団。

最近、ひとびとの言葉に『影響団』が入り交じることが多くなってきた。それは深吉神社だけではなく、神様連合会が住まうどの社でも同じ現象のようだ。

優弥はひとまず山梨の原稿合宿を断ったものの、相馬とのつき合いを続けている。いまもって、相馬の印象はそう悪いものではないのだろう。神様連合会としても、『影響団』の実態を捉えたわけではないので、リーダーの片桐も大きく出られない。

どうするか。このまま黙って見守るか。

しかし、あのカフェバーやマンションでの会話を忘れることはできない。いつまた相馬や飯沼が強引に誘ってくるかもしれないのだ。

次の誘いがあったときこそ、本格的な勧誘になる。叶野はそう確信していた。

——相馬って奴は怪しいんだぞ。得体の知れない『影響団』という組織におまえを引き込もうとしている。いますぐ付き合いはやめろ。

なんて亭主関白なことを言えていたらこんなに悩んではいない。

優弥の意思も尊重したかったのだ。年下とはいえ彼だってもう大人なのだし、将来は小説家になりたいと願って毎日研鑽《けんさん》を積んでいる。その努力のひとつに人間観察もあるだろう。

自分勝手な恋ごころを理由に、優弥の人間関係を引っかき回すことは躊躇われた。

「ため息続きですなあ、叶野さん」

土曜の夜の帳《とばり》が降りる深美神社に行くなりため息をついた叶野に、大野が気の毒そうに声をかけてきた。

「わかりますよ、優弥君が心配なんですよね」

「はい……神様になったのに不甲斐ないです。俺にしてやれることって、あらためて考えてみたらすくなくて。人間だったら物理的に阻止することもできたかもしれないのに」

「叶野さん、優弥君を尊重してるんですよね。子ども扱いするわけじゃなくて、ちゃんとひとりの人間として慈しみたいって気持ち、私たちにも伝わってきます」

佐藤さんと花井婦人は慕わしげな面持ちだ。

「優弥君を取り巻く状況が迷走していますね。今夜はいったん整理し直してみましょうか。関係者も多く出てきたことですし」

片桐の提案に小峰矢作コンビが大きく頷いた。

「そうしよう、俺らも混乱してきた。今夜の酒盛りはちょっと脇に置いておこう」

「そうだな、いまは優弥君と『影響団』のことが重要だ」

「まずは――」

社を背にした片桐が考え込むように顎を指で支える。

「相馬という男とSNSで知り合い、投稿仲間として親しくなったのが始まりですね。その相馬が優弥君をオフ会に誘ってきた。そこで新宿三丁目にある神社の話が出てきたんでしたよね、叶野さん」

「そうです。最初はそうでした。文筆業に強い神様が新宿三丁目にいるという前振りで、初穂料は五千円」

「でも、そこに行くことはなかった。次に相馬と会ったとき、彼が優弥君を連れていったのは伊沢のカフェバーでした。そこでは伊沢と見知らぬ男女がふたりいた。親切そうに新参者の優弥君を迎え入れていましたね」

「あの親しさ……どう考えてもうさんくさいんですよね。結局男女ふたりは名乗りもしなかったし、どうしてあの場に同席していたかも説明しなかった。相馬も、伊沢も」

「大人数で笑顔で迎え入れ、優弥君を取り込もうとしたのかもしれません。最初に連れていく予定だった神社をうやむやにしたのも、結局は論旨のすり替えで、ターゲットの意識を惑わせ、本来の目的から違う方向へ誘い込むのは新興宗教への入信の誘いの目くらましのひとつとして知られています。マルチ商法の勧誘でも、ひとりのターゲットを四、五人で囲むという絵はよくあります」

「皆でターゲットを持ち上げて、いい気分にさせるという手段ですわね。たとえて言うなら、転校生を新しい学校の皆が手放しで喜んで迎えるような……それが洗脳の一歩なら、私、許せません」

普段は品のある花井婦人が腹を立てている。佐藤さんの表情も硬い。

「話を戻しましょう」と片桐。

「カフェバーで盛り上がった相馬たちは、優弥君をネットの小説コミュニティ『響き合う会』を紹介すると言って、メンバーが住むマンションへと連れていった。そこで現れたのが飯沼という男。４ＬＤＫの豪華なマンションに住んでいて、なかなかの美形でした。しかしあの部屋にはどうしても開かない扉があった……」

「人間の意志で閉じられた扉のようだって、片桐さん言ってたよな」

「片桐さんでも開かない扉ってなんなんだ？　俺たちの世界で言えば出雲クラスの神様に匹敵する霊力を操る人間がいるとか？」

「そんな馬鹿な」

大野が切り返す。

「人間が神様と同格かそれ以上の力を持つというのですか。不遜《ふそん》ではありますが……。それは霊力ではなくて、邪悪な意思ではありませんか？」

「邪悪な意思……そのたとえは合っているかもしれませんね。神様はひとびとの意思によって生かされているけれども、人間によっては神様を必要としない者もいる。遥《はる》か昔から伝わる教義よりも、自分たちで編み出した教義に染まり、新たな楽園を現世に作ろうとする者もいるでしょう。それが、偽りの楽園で、一部の幹部だけが旨味を吸う団体だとしても、表向きの体裁が綺麗で楽しげであれば、惹かれるひとも多い。——最近、『影響団』への願いごとが多くなっているのがいい証拠でしょう」

片桐の結論に、神様全員が難しい顔で黙り込む。

生きている間に艱難辛苦《かんなんしんく》を味わったとしても、あの世へと旅立ったら楽園に行けると願う人間もきっといるだろう。叶野はそんなひとを誹《そし》ることはできない。次のステージを楽しみに、いまを乗り越えようという考えもあるだろうから。

だが、財産を巻き上げ、洗脳し、教団に取り込む噂のある『影響団』に優弥を絶対に近付けたくない。できることなら、この町の神社に『影響団』への入信を願う者の目を覚ましたい。『影響団』がどんな教義か、なにを神格化しているのかまだわからないが、生きている人間が教祖だとしたらかなりの高確率で危ない気がするのだ。

「新人神様の俺が言うのもなんですが、現役の人間が教祖だとしたらカルト教団の恐れがありますよね。飯沼が誘っていた山梨にこそ、『影響団』の本拠地があるのかもしれない」

「ええ、私もそう考えています。さて、この後どう出るかなんですが、優弥君の力を借りることはできませんか、叶野さん」

「優弥の？」

「そう、彼を媒体にしないことには私たちも動きようがない。生け贄《にえ》にはけっしてしません。誘導係になってもらえれば」

「でも、優弥が危ない目に遭うんじゃ」

「絶対にそんなことにはしません。約束します。そもそも、この件は出雲にも伝わっているんですよ。大事にならないうちにおまえたちの力でなんとかしろと命じられまして」

「出雲の神様たちが……それは逆らえませんね」

「でしょう？　すでに全国クラスで広がっている教団なら出雲の神々が成敗してくれると思うんですが、いまはまだ都心だけなので。地元の神様の成長も兼ねて、今回の件は不肖ながら私に一存されているんです」

片桐がちいさく息を漏らし、「皆さんと、優弥君の力をお借りしたい」と言う。

「優弥君をいまからここに招くことはできますか？」

「今日はオフだから、家にいるはずです。……迎え、行ってきましょうか」

「ぜひそうしてください。私たち全員で伺ったら驚くでしょうから」

「待ってますよ」

叶野は深美神社に供えられていた御神酒をぐいっと飲み干して肉体を持ち、皆に見送られる。

幸い、優弥は部屋にいた。パソコンに向かって小説を書いていたのだろう。叶野を出迎えてくれたときは右肩を軽く揉んでいた。

「根を詰めすぎないようにな」

「ううん、いますごく調子いいんです。あの……その、この間あなたとああいうことになってから……より女性側の心情に深みが出てきた気がして。恋人と会える日を待つ、っていうエピソードが以前よりもふくらむんです」

「そっか。よかった」

彼の髪をくしゃくしゃと撫で回し、「急で悪いんだけど」と言う。

「いまから出られるか？　神様連合会がおまえに会いたいって言ってるんだ」

「神様の皆さんが？　なにかあったんですか」

「なにも起こらないように、おまえの力を借りたいんだ」

「わかりました。行きます」

すぐさまナイキのシューズを履いて外に出る彼に付き添い、深美神社へと向かう。夜だから神社は暗く、街灯の明かりしか届いてこない。

薄暗い神社に足を踏み入れ、叶野は先に立って社に祀られていた榊《さかき》を手にする。それを優弥に渡すと、ぽうっと明るくなる。

「何度見ても不思議だ……」

両手で榊を握る優弥が振り返れば、神様連合会の面々がふわふわ浮きながら笑顔を見せていた。

「こんばんは、優弥君」

「突然呼び出してしまって申し訳ありません」

「元気にしてました？」

「はい、おかげさまで」

口々に話しかける神様ひとりひとりに優弥は丁寧に挨拶する。

「今夜も酒盛りですか？」

「いや、今日は酒なし。ちょっと真面目な話があって君を呼んだんだ」

小峰が言えば、矢作が「そうそう」と頷く。

とはいうものの、どこから切り出せばいいのやら。

いきなり『影響団』は怪しい集団だぞ、と言ったところで優弥も訝《いぶか》しむだろう。

まずは叶野が先陣を切った。

「優弥、先月おまえが会った相馬さんの話を皆聞きたいってさ。なんでも、新宿三丁目に、文筆業に強い神社があるんだろう？　そのことを神様連合会も知って、興味を持ったんだよ」

「ああ、なるほど。でも僕、その神社にはまだ行ってないんですよね」

車座になった神様たちが、社の階段に腰掛けた優弥を囲む。

「あのあと、相馬さんから神社に行く話は持ちかけられたか？」

「いえ、とくには。それよりも、山梨の別荘に行こうって誘われてます。一度は断ったんですが……」

「なんでだ？」

「バイトのシフトが詰まっていたのが一番大きな理由ですが、旅費も心配で。ネットの小説コミュニティ『響き合う会』のマスターである飯沼さんが車を出すし、別荘もタダ、向こうには家政婦さんもいて食事の心配もいらないって仰《おつしや》ってくださったんですけど、出会ったばかりの方にそこまで甘えるのはなんだか申し訳なくて」

「真面目な子ねえ、優弥君は。ほんとうにいい子」

花井婦人がにっこりする。

「タダほど高いものはない、って言いますしね」

片桐がぽつりと呟く。

「なぜ、相馬さんは新宿三丁目の神社の話を忘れて、山梨に強く誘うんでしょうか？」

「なんでも、あっちに文筆業と恋愛成就に強い神様がいるという話です。たぶん、新宿三丁目の神様よりも強い力を持っている……とか……？」

「恋愛と小説、どっちも叶ったら素晴らしいことですよね。私たちも見習いたいぐらいです。――でも、そんな都合のよい神様がほんとうに存在しているものでしょうか？」

「まあ、確かに……そうですよね。相馬さんの話によれば、そこの神様は病気も治せるし、子宝にも恵まれるし、商売もうまくいくそうです。そして家内安全」

「オールラウンダーですわねえ……」

「まっすます怪しい……」

花井婦人と佐藤さんが夜空を見上げてちいさく唸っている。

「昨日もまた誘われたんです。来週の金曜日から日曜日にかけての二泊三日で、山梨に行かないかって」

「当然断っただろ?」

叶野が訊くと、優弥は神妙そうな面持ちだ。

「……今度は、行こうかなと思ってて……」

「どうして。小説、うまく書き進められてるんだろ。それはもうおまえの実力じゃないか。いまさら知らないところの神様にすがらなくても」

「どうしても叶えたいことがあるんです」

「小説家になりたい夢の他に?」

「はい」

思っていた以上の強い声音《こわね》だ。そして真剣なまなざし。

「僕は……自分が考えている以上に欲深な人間だってことに気づきました。小説家にもなりたいし、もうひとつどうしても叶えたいことがあります。山梨の万能の神様なら、きっと」

「優弥……」

「それは、この町の神様には叶えられないことですか?」

片桐の冷静な問いに、優弥はもじもじしながらうつむく。

「さすがに図々しい願いかなと思って……それに、皆さんとはこうして幸運にもお知り合いになれたわけですから、あまり無茶なお願いはしたくなくて」

「そんなこと気にしなくていいのによ」

「そうだよ。なあなあ、なんだ？　そのどうしても叶えたいことって」

小峰矢作コンビをちらりと見て、優弥は頬を赤らめる。

「……内緒です」

「うう、早くも山梨の神様に優弥君を取られちゃった気分で寂しいです」

うなだれる佐藤さんの肩を、花井婦人がやさしく叩いている。

「——僕、今度の週末には山梨に行きますね。皆さん、心配なさらないでください。向こうではしっかり原稿を書き上げてきますから。もう大詰めなんです。別荘で集中して書いて、絶対にデビューにこぎ着けます」

「わかりました。優弥君がそこまで言うなら、私たちも見守りましょう」

リーダーの片桐に言われてしまえば、叶野も強く出ることはできない。

ある意味、優弥を人身御供《ひとみごくう》にするということになる。しかも、この件で片をつけるのは片桐をリーダーとした自分たち地元の神様だ。まだ会ったこともないが、出雲の神々に逆らう真似はさすがにできないと叶野もわかっている。

神様にもランクがあるため、上層部である出雲の命には応えなければいけないのだ。

ただ、ひたすら心配だった。

すべての願いごとを叶える万能の神様なんているものか。それこそ、出雲の神に匹敵する力を持っているというのか。

神様にはそれぞれの役目があるのだ。確かに、叶野も生前は偶然立ち寄った神社がどんな方面に強い力を持つのか、あらかじめ知ったうえで参拝していたわけではない。

勝負ごとに強いとか、健康を約束してくれるとか、金運が上がるとか。

ちゃんと調べれば、各方面に際立った神様がいるのはすぐにわかることだ。けれど、神社に寄れば、ついつい三つぐらい願ってしまうものだ。

仕事がうまくいくように、人間関係もスムーズに、すこやかであるように。

八百万《やおよろず》の神様ならば、たいていの願いごとは聞き届けてくれる気がする――生きていた頃はそう思っていた。

実際、深吉神社に来る参拝客も、さまざまな願いごとをする。『お腹の子がすくすく育ちますように』という願いごとも聞いたことがある。深吉神社は安産の神様ではないのだが、できるだけ力になりたいと思う。

しかし、しかしだ。相馬の誘う神様は油断ならないものがある。

『影響団』が怪しげな教義を持つカルト教団だったら。なにより、二泊三日の間に優弥が洗脳されてしまったら。

――俺は行く。ついていく。

ひそかにそう決意し、叶野は神様たちと談笑する優弥の横顔を見つめていた。

# 10

今度こそ決戦日だ。

晴れた文月最終週の金曜の朝、叶野は大野のところのお稲荷さんに留守番を頼み、急ぎ優弥の部屋へと向かった。彼の目には見えない霊体だが、どこまでもついていく。

優弥もちょうど身支度を終えたところだったようで、朝食の片付けをし、山梨行きのボストンバッグの中身をチェックしていた。

「着替えと歯ブラシセットと……シャンプーは向こうにあるって言ってたっけ。あとはノートパソコンと電源と……よし、これでオーケー」

イエローの爽やかなTシャツにジーンズ、オフホワイトの長袖パーカを腰に巻いた優弥が立ち上がってボストンバッグを提げ、靴を履く。

そのあとをふよふよついていくと、アパートの前に見慣れぬ七人乗りのワゴン車が停まっていた。

「やあ、おはよう優弥君」

「おはよう」

案の定、相馬と飯沼だ。それに、カフェバーのマスターである伊沢もいる。後部座席には、あの男女ふたりも乗っていた。窓の向こうからにこやかに手を振っているのに対し、優弥はぺこりと頭を下げ、助手席のうしろに招かれた。隣に相馬が座り、ハンドルを握るのは飯沼。助手席には伊沢が腰掛ける。

ただふわふわとついていくのも面倒なので、姿が見えないのをいいことに叶野は後部座席の背後を陣取った。そこには六名の荷物が置かれている。

飯沼は慣れた様子でハンドルを操り、一般道から高速へと入る。

「大きなサービスエリアで休憩しよう」

「賛成～」

「そこで昼食も食べようか」

「いいね。サービスエリアの食事って妙に美味しく感じられるよね」

終始、車内は賑《にぎ》わっていた。後部座席の男女が持参したお菓子を配り、相馬がいま執筆中の小説の苦労話を打ち明ける。そこへ『響き合う会』マスターの飯沼が面白おかしくアドバイスし、優弥もくすくす笑っていた。

一見すれば、和やかなメンバーだろう。

だが、神様にはわかる。

まず、男女は操り人形だ。そして、飯沼がリーダーだ。相馬や伊沢は助手のような者。

相馬が一番近しい者として優弥を引き込み、伊沢の店でくつろがせた。そこに居合わせた男女はムードの盛り上げ役だ。

花井婦人が言っていたことを思い出す。『転校生が新しい学校に笑顔で迎え入れられるようなものだ』と。若い学生ならまだそういうやさしい感情もあるだろう。なにも知らない人間を手放しで迎え入れ、皆で友だちになろうというような明るい雰囲気が。

しかし、分別のつく大人が集まり、一瞬にして打ち解けるというのはすこし違和感がある。もし、これが合コンだというならわかる。男女が知り合い、恋人を作ろうという共通の目的があるのだから。

けれど、優弥を招き入れようとしているのは小説コミュニティだ。確かに、小説を書く者同士という共通点で親しくなっていくことは咎《とが》めないが、なぜ、こんなに粘っこい空気なのだろうか。

全員が全員で、優弥を搦め捕ろうとしている。叶野にはそう思えた。

車がサービスエリアに着き、全員が休憩を取る。気持ちよく晴れた日なので、外のテーブルに陣取り、めいめいに焼きそばやたこ焼き、唐揚げにホットドッグを買ってきて持ち寄り、「皆で分け合おうよ」「そうしようそうしよう」と盛り上がっている。

――なんだか気持ち悪い。この間知り合ったばかりなのに。

大人として、ひととの距離の取り方はそれぞれに異なるだろう。だが、優弥を囲む五名はやけになれなれしい。

人間ならではの生々しさとでも言うべきか。全員が優弥を取り込み、自分勝手な旨味を味わおうとする邪悪さが薄っぺらな笑顔に感じられるのだ。

その旨味とはなんなのか。『影響団』内部での昇格か。それともなんらかの報酬か。

なんにせよ、優弥をのぞく五名が打算で動いているのは間違いないようだと神様ならではの直感が告げる。いや、自分が神様じゃなかったとしても、パッと見、共通点のなさそうな大の大人が和気藹々《わきあいあい》と食べさせ合っている光景は薄気味悪い。

軽めの昼食と休憩をすませ、車はまた走り出した。

山の中へ向かって。

高速を下りた車はどんどん緑生い茂る山中へと入っていき、ほどなくして大きな洋館の前に着いた。

あたりは別荘地のようだが、家同士が離れていて隣家の気配は感じられない。

「さあ着いた。長時間のドライブお疲れさま。まずは中でお茶でもどうぞ。うちの家政婦さんが用意してくれているはずだ」

「運転お疲れさまでした、飯沼さん」

「ありがと～！　う～ん、いい空気。澄み切った緑のいい香り」

わっと車を降り出た男女が「優弥君もおいでおいで」と手招く。

各自ボストンバッグを持って、飯沼の別荘へと入っていった。もちろん、叶野も。

洋館内は大層広かった。

「十室の客間があるんだ。皆それぞれに部屋を割り振ってるから、好きに使っていいよ。お風呂は天然の温泉で二十四時間いつでもどうぞ。食事は食堂で朝昼晩、皆で一緒に取ろう。しっかりした食事が力のある執筆に繋がるからね」

「だね、がんばろう優弥君」

「はい」

相馬と優弥が拳をこつんとぶつけ合っている。

「私たちはひとまず荷解きをしたら、そのへんを散歩しようか。せっかくのバカンスだし」

「そうしよう。三人の邪魔をしちゃ悪いからね」

「じゃ、三十分後に階下のリビングで」

男女と伊沢がボストンバッグを提げつつ、それぞれ客室がある二階へと上がっていった。

いったい彼らはどういう理由でここに来たのだろう。

飯沼の提案した原稿合宿にかこつけたバカンスなのか。それにしたってこのへんはとくに観光できる場所もない。山の奥深くだから森林浴にはもってこいだろうが。温泉もあるのだし、単なるリフレッシュ休暇なのかもしれない。

叶野はふわふわと優弥についていき、一緒に部屋に入る。清潔なベッドに、書き物をするのにぴったりな窓際のデスク。作りつけのクローゼットに優弥は着替えをセットし、デスクにノートパソコンを置く。

それから室内をひと通り見回し、「よし」と腰に手を当てる。

「ここで原稿を書き上げよう。あともうちょっとだ」

「優弥くーん」

ノックの音とともに相馬が顔をのぞかせた。

「お茶でもどうぞって飯沼さんが。皆、階下のリビングに集まってるよ」

「そうなんですか？　じゃ、いただこうかな」

「手作りクッキーもあるって。執筆前に糖分を取っておこう」

「はい」

ふたりは連れだってリビングへと下りていく。

そこには荷解きを終えた全員が集まっていた。年配の家政婦がきびきびと動き、各自の前に湯気の立つティーカップを置いていく。テーブルの中央にはさまざまな形をした美味しそうなクッキーを盛った皿も。

「とにもかくにも別荘にようこそ。これから二泊三日、僕と相馬君と優弥君は執筆に励むけれど、他のひとは自由に過ごしていいからね。オセロや将棋、トランプにビリヤード室もあるから、好きに使って」

「すごいお屋敷ですね。飯沼さんの持ち物なんですか？」

ダージリンティーを啜る優弥が訊ねると、飯沼は「うん、親のものだけど」と謙虚に笑う。

「ここにいる間はできるだけ健康的に過ごそう。早朝に起きて皆で散歩して、美味しい朝食を食べて執筆をして。疲れたら昼寝をしてもいいし、近くを散歩してもいい。なにもないところだけれど、夜になると綺麗な星空が見えるよ」

「素敵な環境ですね。僕にはもったいないぐらいです」

「優弥君のデビューがかかった作品なんだ。集中力を上げてがんばろう」

相馬が親しげに肩を叩き、優弥も「はい」と笑顔だ。

いまのところ、とくに問題はない。

お茶を楽しみながらここでの過ごし方を語る六人は明るい表情だ。

都会の喧噪《けんそう》から離れ、静寂に包まれた洋館での執筆はさぞ捗《はかど》ることだろう。

小一時間ほどお喋《しゃべ》りをしたあと、男女と伊沢は散歩に行き、相馬と優弥、飯沼は部屋にこもった。叶野は優弥のそばについていたかったが、真剣な顔でノートパソコンに向かっている彼を見て、この調子なら大丈夫だと確信し、飯沼と相馬の様子を見に行くことにした。彼らも原稿を書いているはずだ。

しかし、ふたりとも部屋にはいなかった。

どこだ。どこにいるんだ。屋敷中探すと、リビングの暖炉の前にふたりは立っていた。夏の山梨とはいえ、山中だから夜は結構冷える。火でも焚《た》くのだろうか。

すると飯沼が暖炉の内側に手を入れ、カチリと音を立てる。なにかのスイッチが施されているらしい。

驚く叶野の前で暖炉は横にゴゴゴとずれ、奥にぽっかりと黒い穴が開く。

——なんだ、これ？

かがんで穴の中を進んでいくふたりに不信感を覚え、叶野もそろそろとあとをついていく。

大人ふたりが並んでぎゅうぎゅうになる狭い階段がずっと奥まで続いている。飯沼は懐中電灯を手にしてあたりを照らしていた。

階段の壁はコンクリートで、しんとしている。三十段ほど下りた頃だろうか。向こうのほうからかすかに蠟燭《ろうそく》が燃える匂いが漂ってきた。

ぼうっとした明かりが足元に届いてくる。

突き当たりに両開きの扉があった。その脇に蠟燭が灯《とも》されている。

分厚い鉄製の扉を飯沼が開いた瞬間、視界に飛び込んできた光景にぎょっとした。

——地下帝国だ。

そうとしか思えない風景はやたら煌《きら》びやかで、ゆうに百人余が集まれる大広間には幾本もの太い柱が立っている。柱は本物の金箔《きんぱく》を貼っているように見えた。床は畳敷きで、埃《ほこり》ひとつ落ちていない。

天井は高く、ほんのりとしたライトが幾つも設置されていた。部屋の隅にはきちんと座布団が積み上げられている。

それよりもなによりも叶野の度肝を抜いたのは、大広間の奥、中央に据えられた立像だ。黒光りするそれは、二本の角を持ち、大きな翼と長い尻尾《しっぽ》、そして長い杖《つえ》を持っている。厳しい顔をしており、緑の石が埋め込まれたふたつの目が叶野たちをじっと見つめている。

――怖い。

神様なのにそう思う。

まるで悪魔のような立像はブロンズ製だろうか。険しい表情にぞっとし、ふよっとあとじさる。

その立像の足元には数え切れない蠟燭が灯されていることで、余計に立像をおどろおどろしく見せていた。

「ああ……、今日も神々しい響様《ひびき》」

飯沼と伊沢が立像の前にひれ伏し、畳に頭と両手を擦りつける。三度深いお辞儀をしたあと、飯沼たちは顔を上げた。

「響様、今日は新しい信徒候補を連れて参りました。どうぞその目で彼――久住優弥を永劫《えいごう》の楽園にお連れくださいませ」

「彼は聞き分けのいい、素直な青年です。きっと影響団の教えに従って、よい信徒になるでしょう」

やはり、『影響団』は新興宗教だったのだ。それもかなりのカルト集団だ。

SNSでのコミュニティ、街コン、趣味のグループを通じて他人の弱みやストレスの種を巧みに聞きだし、表向きは互助会のような『影響団』に引き入れる。

そこは、あの男女が集うような明るく、邪気のない場だ。伊沢が経営するカフェバーが彼らのたまり場なのだろう。

あの店にターゲットを招き入れ、あれこれと話して懐柔する。優弥の場合で言えば、「小説家になりたい」という願いを利用し、操り人形である男女たちが笑顔で迎え入れた。

——君の居場所はここだよ。ここにいるのがほんとうの仲間だよ。

そううそぶいて。

若者でも大人でも、孤立しているひとは存外多いものだ。学校や職場にうまく馴染めず、本心を打ち明けられる友人もいない。

親と離れて暮らすひと、肉親を失ったひと、失業したひと、失恋したひとなどはまさにうってつけのターゲットだろう。

優弥もひとり暮らしだ。

誰だってこころに余白と隙がある。そこに『影響団』はつけ込むのだ。

昨日今日出会ったのにやけに親切で、聞き上手に話し上手、強い絆《きずな》を瞬時に作り上げ、ターゲットの目を曇らせる。

神様である叶野はひたと『響』と呼ばれた立像を見つめる。

確かに怖いのだが、そこに次元を超えた神秘的な雰囲気が感じられるからではなかった。

神様は確かに存在する。自分がまさしくそうなのだから。

しかし、この響像には多くの人間の欲望が込められている。そんな気がした。偶像を崇拝するのは形ばかりで、内部には信徒同士の複雑な絡み合いがあるのだろう。

これは、生きた人間の欲と強い意志で作り上げられた邪教だ。

金を巻き上げ、出家させ、洗脳する。そして最終的には『影響団』に実直な信徒を作り、その勢力を伸ばしていくのが目的なのだろう。

「響様、明日、久住優弥をここに連れて参ります。どうかその慈悲深いまなざしで、久住優弥があなた様にふさわしい信徒かどうか、見定めてくださいませ」

「今夜は皆で久住優弥を歓待し、油断させます。準備は整っております」

「久住優弥にはたいした財産はありませんが、小説家になりたいという願いを持っています。そして、その才能は確かなものです。近々、デビューすることでしょう。彼が信徒になれば、小説を通じて『影響団』をいま以上に広めることができます」

「東京の信者は百名以上になりました。それだけではありません。いまも全国で入信を希望する者が増えております。その者たちに久住優弥の小説を買わせ、よい評判を流せば、ますます彼の知名度は上がる。そうすれば格好の広告塔にもなります。頃合いを見て、『影響団』の教えを交ぜ込んだ小説も書かせましょう。彼の愛読者が『影響団』になだれ込むように、私たちは手を尽くします」

飯沼と相馬の熱を込めた声が広間に響く。

ようやく――ようやく見えた。

優弥の才能を利用し、教団への入信者を増やすのが彼らの最終目的なのだ。

――優弥が危ない。

いますぐ部屋に戻って彼を東京に連れ帰りたいが、あいにく霊体だ。御神酒も持ってきていないから、肉体を持つことはできない。

どうすればいいのか。どうすべきか。

なおも熱弁をふるっている飯沼たちはひとまず置いといて、早々に優弥の部屋へと向かう。

扉をすり抜ければ、彼は真剣な面持ちで原稿を書き続けていた。キーボードを叩く音が鳴り止《や》まない。

静かな山中で、集中力も上がっているのだろう。

ああもう、ここで実体化できればどんなにいいか。

――この別荘の地下に邪教の本拠地があるんだぞ優弥。おまえはその教団の広告塔にされようとしているんだ。

黙々と執筆する優弥のそばでジタバタ足掻《あが》いたが、どうなるというわけでもない。ため息をつき、ひとまず優弥を見守ることにした。

飯沼たちの言葉を信じるならば、今夜はとくになにも起きないだろう。問題は明日だ。

二時間ばかり熱を込めて書き続けた優弥は、ぐうっと両手を突き上げ、大きく伸びをする。首をぐるりと回してひとつ息を吐《つ》いたあと、立ち上がった。

「リビングでお茶でもいただこうかな……誰かいるかな」

いるだろうとも。油断したおまえを虎視眈々《こしたんたん》と狙《ねら》ってるんだからな。気をつけろ。

大声でそう叫びたいけれど、そうもいかないので、不承不承ふよふよ優弥のあとをついていく。

階下のリビングには散歩から帰ってきたらしい男女がいた。それに相馬も。皆、ティーカップを掲げ、優弥を笑顔で出迎える。

「よう優弥君、熱心に書いていたみたいだね。偉い偉い」

「やっぱり環境がいいからじゃない？　都会だと刺激はあるけど気が散ってしまうでしょう。ここだと雑音も入ってこないし、執筆も捗るわよね、きっと」

「はい、おかげさまで。あの、僕もお茶をいただいていいですか」

「どうぞどうぞ」

ゆうに十人は座れる大きなソファセットの端にちょこんと優弥は腰を下ろし、家政婦が運んできたミルクティーを受け取り、礼を言う。

「はぁ……ほっとする。……原稿、だいぶ進みました。この合宿でピリオドを打てそうです」

「それはよかった。遠距離恋愛がテーマだったんだよね。どういうラストになる予定？　ハピエン？　それとも悲恋？」

「ハピエンです。詳しくはまだ言えませんが、読んでくれたひとがほっとするような結末にしたいなと思ってます」

「いいなぁハピエン。せめて小説の中ではしあわせになりたいもんね。優弥君の小説、私も早く読んでみたいなぁ」

相馬たちが持ち上げ、優弥は照れている。

「僕はまだまだです。デビューもできてませんし」

「絶対できるよ、優弥君なら」

「そうだよそうだよ。優弥君のやさしい人柄が滲み出る小説、私すごく読みたいもん。バーンと華やかにデビューしてね。私、ファン一号になっちゃう」

「あ、じゃあいまのうちにサインもらっておこうかな」

「そんな、いえいえ」

皆して優弥を囲み、褒めそやす。

神様連合会でも優弥は可愛がられていたが、この場の空気は明らかに違う。

優弥を持ち上げて気を緩ませ、隙を狙っているのだ。

――明日、あの広間に優弥を連れていくと言っていた。どんな方法で連れていくつもりなんだ？　短時間のうちに洗脳するとか？　薬を嗅がすとか？

四人の周囲をふよふよふわふわ浮きながら叶野は呻吟し、腕を組む。

神様として、彼らに天罰を食らわせられたらいいのに。ここにいる人間を一発でビビらせるような大仕掛けを施せたらいいのに。

しかし、新人神様の自分にそんな力はまだない。出雲クラスの神様なら、邪教に染まる人間どもを一喝できるのだろうか。

一足飛びに徳を積んで、出雲クラスの神様になりたい。そうでなくても、せめて片桐ぐらいには。

人間の頃も、神様になってからも、力を望む性質は変わらないらしいと苦笑いし、不穏で和やかな場を見続ける。

そのうち飯沼と伊沢もやってきて、「そろそろ夕ごはんにしようか」と言う。

「お茶だけじゃお腹も膨れないだろう。うちの家政婦さん、料理上手だよ。今夜は美味しい山菜料理をたっぷり食べさせてあげるよ」

「楽しみだね！　お肉もお魚もいいけど、やっぱり身体にいい自然のものを食べたいよね」

「わかる～。都会にいるとつい便利なコンビニに頼っちゃうけど、健康な身体はきちんとした食事から、だからね」

男女が盛り上がり、優弥を挟んで食堂へと向かう。

いい色合いに染まった漆喰《しっくい》の壁、大きなフランス窓がある食堂には十人掛けのテーブルがある。そこに、すでに夕食の準備がされていた。

飯沼が言ったとおり、山菜、野菜尽くしだ。マダケを使った炊き込みごはんに、マイタケやタケノコ、シソの天ぷら。さすがにそれだけでは足りないだろうと考えたのか、分厚い牛フィレ肉がじゅうっと鉄板で焼かれ、各自の前にセッティングされている。

「ごちそうですね……！」

目を輝かせる優弥に、「たくさん食べなよ。お代わりもしてね」と飯沼がやさしく言い添える。

席に着いた六名は両手を合わせ、「いただきます」と言ったあと、箸《はし》を取った。

食べている間も優弥の小説の話で盛り上がり、終始賑やかだ。

飯沼も相馬も、優弥の才能を褒めちぎる。

「まだ書き上がってませんから」と優弥が控えめに言っても、「自信を持つのは大事だよ」「そうそう、自作を愛するのはなにより重要なことだよ」ともっともらしい言葉で言いくるめている。

腹の減らない叶野はつねに優弥のすぐうしろに控えていた。

飲み物や食べ物に妙なものが混ぜられないか、見張っていたのだ。

六名は楽しく食事を続け、途中からサーブされたワインを口にしていた。

あのワインになにか仕込まれていないか。味わいたいところだが、霊体なので不可能だ。

ボリュームたっぷりの夕食を終え、各自ワイングラスを持ってリビングに移る。そこでも優弥は持ち上げられっぱなしだ。

「優弥君が書いている小説って恋愛がメインなの？」

「いまのところは。読むだけならミステリーやＳＦ、ファンタジーも大好きなんですけど、実際に自分で書こうとすると、恋にまつわるせつなさ愛おしさ、たまにドロドロした感情も盛り込みたくなるんですよね」

「ねえねえ、片思いとかは？　焦れったい片思いものとかも読んでみたいな」

「いいですね。届かない想いを子細に描くのも……僕もいま、ちょうどそんな気持ちを味わっているので」

「えっ、優弥君ほど可愛い子が片思いか？　信じられないな、どんな相手？」

「……僕にはもったいないぐらい格好いいひとで、やさしくて、懐《ふところ》が深くて、聞き上手で話も面白くて」

「パーフェクト。その恋を実らせるためにも、明日は恋愛成就の神様にお願いしなくちゃね。優弥君の原稿もうまくいくように」

そうだ、俺はパーフェクトだ。姿の見えない神様だってこと以外は。

皆でワインのフルボトルを開け、ほどよく酔いが回ったところで今夜は解散ということになった。

部屋に戻っていくメンバーを見届け、叶野は優弥についていく。

ほろ酔いの優弥は、はぁとひとつ息を吐きながらデスクに向かい、ノートパソコンを見つめる。五枚ほど書いてから立ち上がり、「お風呂に入ろうっと」と着替えを用意した。

洋館の内部にある温泉は幸い優弥ひとりだけだ。ゆったりと手足を伸ばして湯船に浸かる優弥はほかほかになったところで上がり、持参したパジャマに着替えて二階の自室へと戻る。

風呂で多少目が覚めたのか、そのあとも原稿を書き続け、深夜一時になった頃にようやくベッドに入った。

「おやすみなさい」

——ああ、おやすみ。優弥、俺はここでおまえを守るぞ。

枕に頭をつけた途端、穏やかな寝息を立てる優弥にちいさく笑う。

寝つきのいい優弥が愛おしい。この腕に抱いたときも、優弥は安心したように眠ってくれた。

危機が迫っているとはいえ、いまの優弥には自分がついている。

神様という存在でなにができるのか不透明ではあるけれども。

睡魔を感じない叶野はひと晩中優弥の寝顔を見続け、朝を迎えた。

「おはようございます」

「おはよう優弥君、よく眠れた？」

「はい、ぐっすり。寝心地のいいベッドでした」

食堂に行くともう全員がそろっており、朝食の準備がされていた。

厚切りのトーストにバターをたっぷり。ぷるんと盛り上がった黄身が美味しそうな目玉焼きに焦げ目が美味しそうなベーコン。新鮮なレタスとトマトとコーンのサラダ。それに湯気の立つ紅茶が置かれている。

優弥は食欲旺盛に厚切りトーストを二枚平らげ、満足そうにお腹をさすっている。

「ふー、美味しかった美味しかった。飯沼さんのところの家政婦さん、ほんと料理上手だね」

相馬が言い、皆をぐるりと見回す。

「なあ、よかったらこのあとすこし散歩でもしないか？　腹ごなしに」

「いいね。まだ朝の八時だし。山の朝の空気はいいものだよ」

「素敵～、賛成！」

「行こうか、ね、優弥君」

「はい、ぜひ」

全員が賛同し、食卓をあとにする。

洋館を取り囲む林は手入れされており、のんびり散歩するのにうってつけだ。

夏のまぶしい陽射しが木々の間から零れ落ちる。皆めいめいに喋りながらそぞろ歩き、林の奥へと向かっていく。

たぶん、十分程度も歩けば館に戻るのだろうと思っていた。

しかし、一行は歩みを止めない。整備された木々を抜け、自然のままに生い茂る森深くへと分け入っていく。

優弥もおとなしくついていった。朝のウォーキングだと考えているのだろう。

先頭を歩く飯沼がちらりと背後を振り返り、傍らの相馬に浅く顎を引く。

その目配せひとつが、叶野の神経を逆撫でする。

ついさっきまでにこやかに話していた飯沼の目に鋭い光が宿った気がしたのだ。

森はどんどん深くなっていく。皆、シューズを履いているからよどみない足取りだ。

「あの……まだ行くんですか?」

すこし疑問に思ったのだろう。優弥の問いかけに、相馬が笑顔で振り返る。

「この奥に秘密の泉があるんだ。とても綺麗なんだよ。奇跡をもたらす泉の水を飲めば、執筆もめちゃくちゃ捗るよ」

「奇跡をもたらす……」

優弥の隣をふわふわ浮く叶野も眉をひそめた。

なんだか、怪しい空気になってきた。

男女は素知らぬ顔をして歩き続けている。飯沼も伊沢も。

優弥だけが戸惑っていた。

出し抜けに奇跡をもたらす泉、なんて言われたら誰だって訝しむだろう。

ついに彼らの仮面が剝がれるのか。

みぞおちにぐっと力を込めてついていくと、ぽっかりと開けた場所に出た。

木々に囲まれながら、明らかにひとの手が加わった石造りの祭壇が現れる。清らかな水がこんこんと湧き出て、ちいさな泉となっていた。

祭壇にはなにも飾られておらず、木製のお椀が伏せられている。

まず飯沼が祭壇の前に両膝をつき、三度頭を下げてお椀を手にする。そして水をすくい、ごくりと飲み干す。

「次は伊沢だ」

「わかった」

軽くゆすいだお椀を受け取った伊沢が同じように振る舞う。

「相馬」

「うん」

相馬も同じく。男女があとに続き、最後にお椀を優弥に渡す。

「この神秘なる聖水をどうぞ」

「……聖水？」

「あなたに大いなる力を授ける聖水よ。大事に味わって」

「さあ」

「優弥君」

皆に取り囲まれ、優弥はたじろいだ様子でお椀を受け取り、跪《ひざまず》く。見よう見まねで頭を下げ、水をすくったお椀に口をつける。

叶野ははらはらしながら見守っていた。

ここにこそ罠が仕掛けられているのではないか。

そう思ったのだが、泉の水を飲み終えた優弥に異常はない。

「……とても澄んだ美味しい水ですね」

「そうでしょう？」

明らかにお世辞なのに、皆が張り付けたような笑顔で優弥を見る。

こんな山の中の水でお腹を壊さないか。それも心配だが、祭壇前に着いたときから皆が異様ににこやかなのが気にかかる。口元は笑みを浮かべていても、目の奥は笑っていない。

刺すような視線で皆、優弥をじっと見つめ、再び歩き出した。

洋館に戻るのだとわかって、優弥はほっとしている。さくさくと緑を踏み、洋館の赤い屋根が見えてきたときだった。

ぐらりと優弥の身体が傾《かし》ぐ。

「優弥君？」

「優弥君、どうした」

足元がよろめく優弥をさっと相馬と伊沢が支える。男女はその様子を冷ややかなまなざしで見つめていた。

「中に運ぼう」

飯沼が低い声で命じる。

「――彼を修行の間に」

# 11

猛スピードでふわふわあとを追う叶野は気が気じゃなかった。

相馬たちに抱きかかえられた優弥は酩酊《めいてい》しているようで、足取りが覚束《おぼつか》ない。

飯沼が先頭を歩き、洋館内のリビングへと向かう。

暖炉の前に着くと昨日してみせたように内側に手を入れ、カチリと音を響かせる。ゴゴゴと暖炉が横にスライドし、ぽっかりと黒い穴が開いた。

そこへ飯沼、伊沢、そして優弥を支える相馬が入っていき、男女がしんがりを務める。途中で優弥が逃げ出さないためにだろう。

長く薄暗い通路を六名は歩き続け、やがてあの大広間へと出た。今日は天井のライトが強く灯り、畳敷きの床をくまなく照らしている。

黒光りする立像――悪魔のような像の足元には無数の蠟燭が立てられ、炎が揺らめいている。叶野がぎょっとしたのは、そこに五十名ほどの白い服を着た男女がいたことだ。

いつの間に。夜中のうちにこっそり集まっていたのか。

「飯沼様、その方が新しい信徒ですか」

「この方が広告塔に？」

「ああ、そうだ。我ら『影響団』の新たなる道を拓かれる方だ」

「おお……」

「まだお若いのに神々しい……」

男女がざっと身を引いて、前に進む飯沼たちのために道を開ける。

――優弥、優弥、起きろ、しっかりしろ。大事になりそうだぞ。

精一杯叫ぶが、霊体なので声にならない。神様も不甲斐ないものだ。

ただ、あちこちうろうろ、ふわふわふよふよと浮いて、男女たちの顔を確かめていく。

皆、教団の信徒のようで、律儀に正座している。一様に白い上衣と下衣を身に着け、男性は短めの髪にし、女性は長く伸ばしてうしろで結わえている。

飯沼は立像の前に着くと跪き、畳に頭を擦りつける。

「響様、お待たせいたしました。あなたの聖なるお声を世に届ける者を連れて参りました。相馬、優弥君をここへ」

「はい」

意識がもうろうとしているのか、相馬に半分寄りかかるような格好の優弥が立像の前に押し出され、横たえられた。

「そう、まさん……いいぬ、まさん……」

優弥の目の焦点が合っていない。

きっと、先ほどの泉で飲んだ水になにか混ぜ込まれていたのだ。

「これより、儀式を執り行う。皆、準備を整えなさい」

「はい」

相馬、伊沢、男女が頷き、いったんその場を離れる。しばらくしてから、青の上衣と下衣をまとって現れた。それを確かめた飯沼が下がり、紫の上衣と下衣を身に着け、再び優弥のそばに跪く。

それから、香をたき始めた。甘ったるく濃密な香りが広間に漂い始め、居並ぶ男女たちが次第にうっとりとした表情になる。

その香りを優弥も深く吸い込んだのだろう。とろんとした眠たげな目をして、ぼうっと空《くう》を見つめていた。

「久住優弥、あなたは今日より響様の尊い教えを広める者となる。その深い才能は響様が授けたもの。ここで研鑽を積み、よりよい作品に『影響団』の教えを包み込み、世に知らしめるのがあなたの役目だ」

「えい、きょうだん……ぼくの、やく、め……？」

「あなたの書く小説は異例の大ヒットデビュー作になる。『影響団』の信徒たちが久住優弥の著作物を買い求め、響様からのお言葉を懸命に探し、そして受け入れ、広めていく。わかりやすく、楽しく、ときには波風の立つ物語は、最後にこの世の楽園――『影響団』へと辿《たど》り着く。それを読んだ者が皆、『影響団』の教えに胸を震わせるような物語を久住優弥、あなたが書く」

「……僕が……」

飯沼がなにかを唱え始めた。お経ではない、日本語でもない。聞いたことのない言語だ。より濃い香りが立ち上り、陶酔しきった表情で居並ぶ男女たちが前後に身体を揺らし始める。トランス状態だ。

飯沼と同じ言葉を繰り返し、正座したまま深くお辞儀を繰り返す。両手を挙げ、呪文のような言葉を呟き、頭を畳に擦りつける。

カルト教団そのものの姿に、神様である叶野もぞっとする光景だ。なにしろ、この甘ったるい匂い。なんらかの薬が混ざっているのだろう。

まるで生け贄のように寝かされた優弥の前髪をかき上げる飯沼が、かたわらに置いていた美しく鋭いナイフを手にする。

ハッとしたときにはもう飯沼の手が動いていた。

自分の左手のひと差し指を切りつけ、赤い血をたらたらと流す。

「おお、飯沼様……」

「飯沼様が……」

鮮血が流れ落ちるのも構わず、飯沼は今度は目の前の優弥をじっと見つめる。

なにをしでかすか予想もつかない。まさか、まさか優弥を殺すのではないだろうか。

飯沼が右手を振り上げ、優弥の額にナイフをぴたりと当てる。そうして十字に切り込みを入れ、自分の血を混ぜ込もうとしたときだった。

『――神様！』

思わず叫んでいた。全身で叫んでいた。もう神様にすがるしか方法がない。

邪悪な人間を退けるためには、神様に祈るしかない。

『神様、神様、神様！』

声も、姿もない自分になにができようか。

無力さを呪《のろ》いながら頽《くずお》れるや否や、バリバリッと天井を揺るがす轟音《ごうおん》が聞こえてきた。

「な……なに？　雷？」

「地震か？」

祈りがやみ、信徒たちがざわつく。

「静まりなさい！　これはただの地震……うわっ！」

紫の衣装を身に着けた飯沼が立ち上がりかけたが、その足元にびしりと鋭くまばゆい閃光《せんこう》が一条。

怯《ひる》んだ飯沼があとじさるが、彼を逃すまいと閃光がびりびりと落ち続け、畳を黒く焦がす。

「う、うわあああ！」

「やだ、やだあっ、なにこれ！」

「逃げろおおおっ」

信徒たちが扉に向かって駆け出す。

「待ちなさい、待てと言うのに……くっ！」

相馬と伊沢も立ち上がるが、それを囲むように天井から閃光がほとばしる。ライトの故障じゃない。異常事態に叶野も茫然《ぼうぜん》としていた。地下深くに落ちる雷なんてあるものか。

ひときわ強い光がジグザグに走り、黒い響像の頭に落ちる。バリッと派手な音を立てた立像はゆっくりと真っ二つに割れ、眠る優弥の前に倒れかかった。

「危ない！」

咄嗟《とっさ》に身体が動き、出せるはずのない手で優弥を抱き寄せ、脇へ飛び退《の》いた。ずしん、と立像は畳に倒れ、その横で飯沼たちが腰を抜かしている。

次の瞬間、聞き覚えのある声が厳かに広間に響いた。

「――俗世に生きる人間の欲望が生み出した神を信仰する者たちに告ぐ。我らの声が届く者はいますぐ悔い改め、ここを出よ。届かぬ者には雷《いかずち》を落とすのみ」

「何者なんだ！」

「姿を見せろ！」

床にへたり込みながら絶叫する飯沼、伊沢、相馬の前にふわり、ふわりと金色の丸い光が現れ、空中ですこしずつひとの形を取っていった。

「……片桐さん、大野さん……！」

そこには、神様連合会の面々が集っていた。小峰矢作コンビ、佐藤さんに花井婦人。いつものラフな格好とは違い、美しく清らかな白装束だ。

「我ら神の声が届いておろうに、退《ひ》かぬとは」

「最上級の雷を落とさねばならぬな」

「この館ごと吹き飛ばしてやる」

「いま一度訊く」

「──悔い改めるか？」

凛《りん》とした花井婦人の声が広間中に響き渡った途端、バリバリッと再び耳をつんざく轟音とともに激しい光が相馬たちを取り囲む。

「ひいっ」

「ほ、本物だ……！　幽霊だ！」

「逃げろ、逃げろ逃げろ逃げろ……！」

へっぴり腰であたふたと逃げ出す相馬を筆頭に、飯沼と伊沢も真っ青になってあとを追う。

しんと静まり返った広間に残ったのは、優弥を抱きかかえる叶野と神様連合会。

「優弥、優弥！　大丈夫か」

「……ん、……叶野、さん……」

軽く彼の頬を叩くと、優弥は瞬《まばた》きを繰り返し、焦点を合わせる。

「叶野さん……？」

「ああ、俺だ、優弥。気づいたか？　大丈夫か？」

「……はい……ああ、叶野さんだ……なんで触れるんだろ……夜じゃないのに……」

「だよな、なんでだろう。いまの俺、肉体を持ってる」

「そんなの簡単簡単。俺たちが来て力を授けたからさ」

ひゅうっと小峰矢作コンビが下りてきて笑いかけてきた。

「叶野君の声、聞こえたんだよ。それでひとっ飛びしてきた。ふっふっ、俺たち交通安全の神様だけどな。神様にできないことはないんだよ。一瞬のうちにすっ飛んできた」

「片桐さんと大野さんが顔色変えちゃってさ」

「もー気が気じゃなかったですよ。はあ……間に合ってよかった……優弥君、大丈夫かい？」

「額にすこし怪我してますね」

佐藤さんが優弥の額に手をかざすと、飯沼につけられた切り傷がすうっと消えていく。跡形もなく。おかしな薬も抜いたらしく優弥がぱちっと目を開いた。

さすがは佐藤さん、治癒にまつわる神様だ。

きょろきょろと周囲を見回す優弥は目を瞠り、「皆さんの姿も……見えます。榊を持ってないのに」と呟く。

「いまだけは特別。叶野さんの想いが私たちにも通じたんですよ。大事に至らなくてよかった……もう大丈夫？　君を危ない目に遭わせてしまいましたね、すみません」

片桐がふわりと畳みに膝をつき、叶野が腕に抱いた優弥をのぞき込む。

「叶野さんの強い想いを私たちは受け取り、優弥君を守りに来ました。地元の守護神の役目は果たせましたね」

「皆さん……」

「……ほんとうに、ほんとうにありがとうございます。俺ひとりじゃなにもできなかった。優弥を助けてくれたのは神様連合会だ」

「ご謙遜を。ずっと優弥君のそばにいたあなたの功績ですよ」

片桐がにこりと品よく笑い、ぽんぽんと叶野の肩を叩く。

「お疲れさまでした。ここが『影響団』の本拠地だったんですね。飯沼は幹部、相馬と伊沢は幹部候補だったようですね」

「俺たちが雷で割った像、悪魔みたいだったな」

「邪教もここまで来ると笑えるな」

「でも……信じるひともいたんですね」

佐藤さんがぽつりと呟き、信徒たちが慌てて出ていった開けっぱなしの扉を見つめる。

「どんなものにでも信じるこころは宿る。岩、木、山。そしてひとそのものにも。『影響団』はカルト教団だったようですが、危ないとわかっていても惹かれるひとはかならずいるんでしょうね」

「弱ったこころに教義が響くとき、数限りない神がひとのこころに生まれるんです。それを咎めることは私たちにもできない。私たちは、ひとの願いによって生かされている存在ですから」

「片桐さんの言うとおりだ。毎日うちにやってくる参拝客のおかげで、俺は神様をやれている。誰も来なくなったらさぞかし寂しいだろうな」

大野が微笑み、優弥の髪をやさしく撫でる。

「優弥君も大変だったね。危険な目に遭いそうなことをある程度承知して相馬たちについてきたんだろう」

「はい。神様にすがりたい気持ちがあったのはほんとうだったから。……でも」

「でも?」

「叶野さんがいてくれるなら、これ以上望むことはありません。小説は、ちゃんと書き上げます。教団の教えを広めるためじゃなくて、僕が書きたかった物語をきちんと完結させて、デビュー作にしたい。これは、願いというより野望です。神様に願うのではなくて、僕自身がやり遂げることです。……ね、叶野さん」

「……ああ、そうだな」

ほっとした顔の優弥の頬をそっとさする。

温かい、血の通った感触に胸のさざ波が静かに引いていく。

「ほんとうに――ありがとうございました」

優弥を抱き締めたまま、神様連合会の面々に頭を下げた。

「なんのなんの」

「今夜は酒盛りだな！」

「邪教を追っ払ったお祝いですね」

「今夜ぐらいは酔いましょうか。昨日、地主さんが深美神社に上等のお酒を奉納してくださったんですよ。皆でいただきましょう。優弥君も一緒に。出雲の神々にもいい報告ができそうです」

片桐が言い、優弥の身体をさっとひと払いする。途端に優弥が厳かな金色の煙で包み込まれ、浮かび上がる。

「私の力で一時的に優弥君の姿を消しました。さあ、皆で私たちの町に帰りましょう」

「……はい！」

信頼できる下町の神々に囲まれ、嬉しそうな笑みを浮かべる優弥が頷いた。

# 12

楽しい酒盛りは深夜まで続いた。

邪教である『影響団』を壊滅したとまでは言えないが、本物の神様としての力を示したことで、しばらくの間は静かになるだろう。

相馬たちの監視も続けることになったが、あれほど怯《おび》えていた彼らがすぐさま勧誘を始めるとは思えない。

しばしの平穏が戻ったことに祝杯を重ね、丑三《うしみ》つ時《どき》をとうに過ぎた頃、酔いの回った優弥の肩を抱いて叶野は彼のアパートへと帰った。

「大丈夫か、優弥。ずいぶん呑んだだろ。いますぐ水を」

「……だめ。離れたくないです」

玄関に入るなりぎゅっと抱きついてくる優弥に、愛おしさがこみ上げてくる。

艶《つや》やかな髪を引っ張り、「煽るなって言っただろ」と耳元で囁いたが、優弥は離れようとしない。叶野の胸にぐりぐりと顔を押し付け、潤んだ目で見上げてくる。

「だめです。帰っちゃやだ」

「やだって、おまえ」

可愛い台詞《せりふ》に吹き出しそうになると、優弥が背伸びをして強くくちびるをぶつけてきた。おずおずとくちびるの表面を舐められて、瞬時に意識が沸騰する。まだ肉体を持ったままだ。思わず強くかき抱《いだ》き、優弥と舌を絡め合う。

ぬるりと舌を搦め捕ると満ち足りたように息を吐く優弥が反応し、つたなくうずうずと擦り合わせてくる。この愛撫も、叶野が教え込んだものだ。

「せっかく……せっかくあなたに助けてもらったんです。僕が捧げられるものならなんだって捧げたい」

「優弥……」

焦れったく靴を脱いでもつれ合い、ベッドに倒れ込む。

あともうすこしで失うところだった。いま、優弥がこの腕の中にいるという事実がじわじわと幸福感とともに押し寄せてきて、叶野を振り回す。

忙しなく顔中にくちづけ、服を剝いでいく。

「か、叶野さん、シャワー……」

「だめだ。このままのおまえが欲しい」

この間もそう言ってがっついてしまったと思い出すが、やっぱり今夜も離せそうにない。

興奮のせいか、優弥の肌が火照っている。文月の夜、冷房を効かせても汗ばむほどだ。

なにかを期待しているようにツンと尖った乳首をじっくりと見つめた。

「……やだ、そんなに見ないでください」

「見せろ。二度目の契りだろ。余裕を持って味わいたい。ほら」

根元からピンと勃《た》たせた尖りを捏《こ》ね回し、指を離しても淫らにそそり勃っていることにほくそ笑む。

艶やかに染まった肉芽は男をそそる色で、たまらずに口に含んだ。乳首の根元をコリコリと食むのが癖になりそうだ。

「ん、ン……！」

優弥は奥歯を噛み締めて頭を横に振るが、一緒に腰も揺れている。それが可愛いからがっしり押さえ込み、ねっちりと乳首を噛み転がした。

指で弄《いじ》られるのも好きらしいが、噛まれるともっと優弥は感じる。

そそり勃ったそこに息をふうっと吹きかけると、わかりやすいぐらい優弥の身体がびくんと跳ねる。

「やっぱりおまえ、ここが弱いんだな」

嬉しくなって甘噛みを繰り返し、たまにいたずらっぽく強めに歯を立てるとせつない喘ぎが漏れ出る。

「……ッ……そこ……すごく、いい……っ」

のに。

「ならよかった」

淫靡に光る乳首を舐りながら、もう片方を指で押し転がす。親指の腹に当たるコリッとした感触がいやらしくて最高だ。初めて身体を重ねたときはくすぐったそうにしていただけなのに。

「俺が育てた身体だな」

「……ッん……」

こくんと頷く優弥が可愛くて、泣き声を上げるまで尖りを舐り回してしまう。舌先でせり上げ、転がし、食む。仕上げに根元をキリッと噛み潰すと、優弥がたまらないようにびくびくと身体を震わせる。

「んぁ、あ、っも……う……っ！」

「まだまだ。これからだぞ」

下肢に手を伸ばすと、そこはもうすっかり昂ぶっていた。

薄い下生えをひと差し指でくるくるとかき回す。ツツツと臍から性器に向けて爪先で引っかいてやると、たらりと透明な滴《しずく》が溢《あふ》れる。

「はぁ……っあぁっ……」

決定的な快感を与えてもらえないことに焦れているのだろう。無意識に腰を揺らす優弥にちいさく笑い、硬くしなった肉茎に一本ずつ指を絡めていった。

五指がしっかりと巻き付くと、「――ん！」とひときわ高い声が上がる。

「扱いて欲しいだろ」

「んっ、んっ、あ、――ん、ン……っ」

熱い衝動を握り締め、ゆったりと根元から扱き上げる。先を急ぎたい気持ちはあるが、やっとこころ置きなく繋がれるのだ。優弥も自分も、この濃密な時間をたっぷり味わいたい。

「ん、あ、かのう、さん……っそんな、したら……っ」

先走りを助けにすこし荒っぽく扱いてやれば優弥は掠れた声を上げ、身体を震わせる。

「あっ、あっ、も、おねが、い……イっちゃう……から……っ」

「何度でも。おまえが望むだけイかせてやる」

「ん、ン、ン――……っ！」

斜めに反り返った肉茎を扱き、先端のくぼみに指先を埋め込んでくりくりくすぐれば、嬌声を上げた優弥がどくりと欲望を吐き出した。

「あ――っ……はぁ……っ……は……ぁ……っ」

「よくイけたな」

搾り出すように双玉を手のひらで転がし、ぐっしょり濡れた肉竿をやわやわと握ったり離したり。

まだまだ感じてもらえそうだ。

「かの、う、さん……」

声はもう泣き出しそうだけれど、ここでやめてやるものか。

彼の腹に散った白濁を指に移し取って狭隘《きょうあい》を探り、ぬちりと中を広げる。入口は窮屈で指を締め付けてくるが、第二関節あたりまで挿し込むと熱い襞がうねうねと纏い付いてくる。

すっかり叶野のために熱くなった身体を前にして、獰猛《どうもう》な気分がこみ上げてくる。声が嗄れるまで貪ってやりたい。突き立ててやりたい。噛みまくりたい。

「んん……っ……あ……あ……叶野さん……っ」

「ああ、ここにいる」

ぬちゅぬちゅと淫らな音を響かせながら肉襞をかき回し、上壁を甘やかに撫で回す。そうすると、咎めるみたいに優弥が肩に爪を立ててきた。だけど、続きもして欲しいらしく、身体を淫らにくねらせるのがたまらない。

疼《うず》いて疼いて仕方ないようだ。優弥が無我夢中で抱きついてきて、もっと深い熱を欲しがる。だから、叶野は与えた。手早く服を脱ぎ、滾《たぎ》った己を見せつけるように彼の眼前で扱き上げる。

「……おっきい……」

「だろ？　おまえだけにこうなるんだ」

生々しく色づく太竿を目にして、優弥がごくりと息を呑む。その素直な反応が可愛いから、ますます煽りたくなる。

「欲しいか？　これがいまからおまえの中に挿《はい》るんだぞ。もっと大きくしたほうがいいか」

「……ッもう、充分におおきい、です……それ以上になったら……僕……」

「じゃ、じかに触って確かめてみるか？　ほら」

優弥の手を取り、己のそこに触れさせる。

びくっと一瞬震えたが、優弥はおそるおそるといった感じで叶野の剛直を握り締めてきた。

「すごく……熱いし、太い……です。こんなものが僕の中に……」

「ああ、そうだ」

膝立ちし、傲然と腰を張る。臍にまでつくほど雄々しくそそり勃ったそこに引き寄せられるように、優弥が身体を起こし、ふらふらと顔を近づけてくる。

「優弥？」

押しとどめる前に、叶野の雄を握った優弥がこわごわと先端にちゅっとくちづけてきた。

「……っん……」

「……優弥……」

まさか咥えられるとは思っていなかったのでやめさせようかと思ったが、のぼせた顔つきの優弥はちいさな舌をのぞかせ、竿から溢れ出す滴をぺろっと舐め上げる。

「あなたの……こんな味がするんですね」

「やってくれるな」

「だって、……叶野さんにも、感じて欲しいから……っん……」

ちいさなくちびるを犯す優越感と罪悪感に揺れながら、彼の後頭部をまさぐった。

ちろちろと裏筋に舌を這《は》わせていた優弥が濃い繁みにも顔を埋《うず》め、丁寧に舐め回してくる。それだって、叶野がしてやったものだ。自分がされて気持ちよかったことをなぞっているのだろう。

精一杯口を開いて、くぷ、と優弥が頬張る。ちいさな口を出たり挿ったりする赤黒い己がぐんと育ってしまうのを止められない。

太竿にねっとりと熱い舌が巻き付き快感に息を切らし、軽く腰を突き出しながら上顎を先端で擦ってやった。

敏感な口内でも感じるらしく、四つん這いになった彼のそこが再び硬く持ち上がっているのがかすかに見える。

「ん、ッ、んッ、あッ」

弾む息遣いとともに優弥が顔を動かし、ときおりちらっと艶《なま》めかしい目つきで見上げてくることに理性の糸がぷつんと途切れた。

「優弥、おまえの全部を俺にくれ」

「……っあ……！」

彼の細い肩を摑んで組み敷き、ひくつくそこにぴたりと押し当てた。

「あ、あ、あ……！」

狭い窄まりがわななくのは叶野を拒みたいのか、誘いたいのか。

どっちもあるのだろう。まだうぶな身体だ。衝撃を和らげるように深く息を吐いて、ゆっくりと挿っていく。

じわじわと攻め込んでいくと初々しく蠢く肉襞が微弱に絡み付いてくる。その慣れない感じが可愛くてまたいい。

「あっ、……っあ……っかの、う、さん……っ」

「つらいか？　やめるか」

「ん、ん——ううん……つづ、けて……くださ、い……」

涙交じりの優弥が必死に首を振る。内部が淫靡にきゅうっと締まり、叶野を煽る。

「こら、俺までイきそうだ」

「だ、って……！　あ、っ、だめ、そこ、やぁ、っ、あ、あ……っ！」

ズクリと突き込んで最奥にぐりぐりと亀頭を擦り付ける。

のけぞった優弥が汗で湿った内腿で叶野の腰をすりっと撫で上げてくる。その無意識な誘惑にそそられ、次第に腰遣いを激しくしていく。

すっかり火照った肉襞が細かに震え、叶野を追い詰めてくる。穿《うが》つたびにうねうねと蠢いて奥へ奥へと誘い込むのだ。

現世に生きる人間の淫らな誘いに打ち勝つほど、自分は達観できていない。

いっそ、孕んでしまえばいいのに。神様なのだからできないことはなさそうだ。

「きちゃう……あぁっ……あ……っイき、たい……っ」

「中イキを覚えたんだな。イかせてやる」

細腰を鷲摑《わしづか》みにしてずぶずぶと埋め込むと、悲鳴のような声を上げる優弥が繰り返し吐精して果てた。うしろでもイける身体になったことを一番喜んでいるのは自分かもしれない。

「はあっ、あっ、あっ……あ……っえ、……え、あ……！　かの、さ……っん……！」

「俺はまだおまえを食らうぞ」

優弥を抱き起こして膝の上に座らせ、ずんっと下から突き上げる。

こうすれば感じる顔も間近に見られるし、胸も弄ってやれる。なにより、優弥がぎこちなく腰を振る姿が悩ましくて可愛い。

「やぁ……ん……ん……深い……っ」

対面座位は初めてだから、刺激が強いのだろう。

ずぷん、と根元まで咥え込ませると、互いの繋みが擦れ合うのがいい。

「ここまでおまえと混ざり合ってる」

「ん、ん」

睫毛の先に涙を輝かせた優弥が必死にしがみついてくる。両足を交差させて叶野の逞しい腰遣いに追いつこうとしているのがやっぱり可愛い。

気が急いて、どんどん優弥を食らいたくなる。

最奥を突いてやるとぎゅっと優弥が抱きついてきて、肩口に嚙み付いてきた。ここにいま、叶野がいることを確かめるように。

その些細《ささい》な仕草が愛おしいから、もっともっと与えたくなる。最後の一滴まで注ぎ込みたくなる。

「気持ちいいか、優弥?」

「んっ、ん、いい……溶け、ちゃい、そう……」

「溶けちゃえ」

ずちゅずちゅと太竿で貫き、くちびるを貪る。どこもかしこも自分という男で満たしてやりたい。

ようやく訪れた平穏に身を委ねながら、存分に優弥を愛する。朝になって消えてしまっても、愛した証《あかし》は残す。

叶野も優弥の肩に嚙み付いて痕を残し、思いきり腰を遣った。

「だめ、や、ああっ、イっちゃう、イく……っ」

「優弥……！」

白い光が瞼の裏で幾つも弾《はじ》け、優弥の中にどくんと撃ち込むのと同時に彼の内部が甘やかに絡み付いてくる。

強烈な絶頂感に酔いしれながら、放ち続けた。優弥のそこから残滓《ざんし》が零れ出すほどに。

「優弥……優弥」

「……はぁっ……ぁ……っ……今日の叶野さん、すごかった……」

「だよな。がっつきすぎた」

「そういうところが……大好きです」

繋がったまま、優弥がこつんと額を当ててくる。上目遣いの彼に胸が疼くから、真っ赤な耳たぶを甘噛みして囁いた。

「もう一度したい」

「……僕も。僕も、あなたが欲しい」

ほんのりと赤く染まった目元にくちづけ、今度は優弥を組み敷き、ゆったりと腰を振る。

何度果てても終わりがなさそうで、自分でもちょっと笑ってしまう。

「好きだ、優弥。おまえだけが好きだ」

「僕も——叶野さんが大好き」

抱き締め合い、シーツに皺《しわ》を刻みながら、ふたりは夜の波に溺《おぼ》れていった。

# 終章

日常に平穏が戻ってきた。『影響団』を懲らしめて以来、あの教団へ入信したいと願う者は不思議なほどにいなくなった。

相馬からの優弥に対する接触もぴたりとなくなった。ＳＮＳのアカウントを消したみたいだと彼から聞いた。

伊沢も店を閉じた。『影響団』は本物の神々の力を目の当たりにして怯え解散したのか、それとも地下に潜ったのか。

飯沼のマンションも引き払われていた。

片桐でも開けられなかったあの扉を神様の皆で見に行ってみたところ、鍵が解錠されていた。半端に開け放たれた扉から室内をのぞき込むと、山梨の教団のミニチュア版のようなものが飾られていた。響像を祀っていたのだろう祭壇に、溶けた蠟燭の数々。

神様の意思を超えてもなお固く扉を閉じ、教義を広めようとしていた『影響団』の強さを目《ま》の当たりにし、いまさらながらに、大事になる前に拠点を潰しておいてよかったとほっと胸を撫で下ろしたものだ。

邪教やカルト集団はまた新たに生まれるだろう。今日にも、明日にも。その教えがひとびとの目をくらませるものだとしたら、いつだって本物の神様として戦ってやる。

とはいえ、新人神様の叶野に予知能力はないので、今日も今日とて、社にてひとびとの願いごとを聞くのが役目だ。葉月《はづき》も終わりかけ、季節は確実に秋へと近づいている。

あともうひと月も過ぎれば神無月《かんなづき》だ。それを神様連合会は楽しみにしている。数多《あまた》の神が出雲に集合する月なのだが、当然、すべてが不在になるわけにはいかないので、留守番を頼まれる神様もいる。

今年、神様連合会で出雲に呼ばれるのは誰か。留守番神を務めるのは誰か。顔を合わせればその話で盛り上がり、やはりトップに躍り出るのは実力も確かな片桐だが、下馬評で叶野の名も上がった。

「新人には思えない活躍を見せたからな。叶野さん、もしかしたら出雲に呼ばれちゃうかもよお」

「そうなったらお土産買ってきてな」

小峰矢作コンビにわいわい言われ、花井婦人と佐藤さんが「私たちも行きたいですわねえ」「ほんとうに」とにこにこしていた。

大野は、「もし叶野さんが出雲に呼ばれたら、優弥君の見張りは私がしますよ」と請け負ってくれ、片桐は、「じゃ、私が深吉神社の留守番神をしましょうか」と言い出した。

滅相もないと笑い合い、神様としての実力を積むために今日も早朝からひとびとの願いを聞く。

『今度のマラソン大会で上位に食い込めますように』——応援したいから叶えよう。

『結婚式までウエストが五センチ減りますように』——なんとか叶えよう。

『片思いが実りますように』——全力で叶えよう。

そこへ、弾んだ声が飛び込んでくる。

『おはようございます、叶野さん。優弥です。とうとうデビューが決まりました！　会いたくてもなかなか会えないあなたを想いながら書いた話、担当さんが気に入ってくれて、来春、本になります。全部叶野さんのおかげです』

——ほんとうか、優弥。その話、ほんとうか。いや、それはおまえの実力だ。俺はただ見守っていただけだ。全部、おまえががんばったからだよ。

まばゆい朝陽がきらきら射し込む社の中で身を乗り出し、優弥をじっと見つめる。オフホワイトの爽やかなパーカとジーンズという格好の優弥は、コンビニのバイト帰りだろうが、清々しい表情だ。

『こうして叶野さんに毎日お願いごとをして、神様連合会の皆さんとも知り合って、ますますこの町に愛着が湧きました。僕、ここでずっと暮らしていきます。そして、いままでどおり毎日お参りに来ます。夜にしか会えないのはやっぱり寂しいけど、でも、顔が見られるだけでも嬉しい』

その言葉に安堵《あんど》する。なにかの拍子に優弥が引っ越してしまったら見守ろうにも見守れないと案じていたのだ。

優弥の声なき声が続く。

『それから――もうひとつだけ、願いごとがあります。以前、相馬さんたちとのつき合いがあった頃、この町の神様には秘密にしていた願いごと、やっぱり、叶野さんに叶えていただけたらなって思い直しました。叶野さん本人に願うのは気恥ずかしいんですけど……あと、たぶん神様連合会の皆さんにも筒抜けになってしまうと思うんですけど……』

――なんだなんだ？

そういえば山梨の恋愛成就の神様にどうしても叶えてほしい願いごとがあると優弥は言っていた。あれがなんだったのか、叶野は知らない。

両手を合わせる優弥はもじもじし、瞼を開く。

そして、声に出してきっぱりと言う。

「いつか、叶野さんと結婚したいです」

えっ？

おっ……！

……ええ……っ⁉

叶野も含め、この町中の神様が驚いた次に、頬を緩めて和やかに笑い出すのを感じ取ったのだろう。

優弥は顔を輝かせ、「よろしくお願いいたします」と頭を下げ、弾んだ足取りで社をあとにしていく。

叶野も涙が滲むほど笑った。

あの優弥と結婚できたら——どんなにいいだろう。

神様と人間との結婚。それは可能か不可能か。

そもそも優弥は男だし、現世を生きている。対して、自分はこの町を守る神様だ。

実体のある者と、そうでない者の婚儀を出雲の神々が認めるかどうか。考えるだけで可笑しくて可笑しくて、目縁《まぶち》が熱い。

優弥とは不思議な縁で結ばれ、いまもこうして通じ合っている。

ひとにも神にも共通してあるもの――こころで。

だったら、出雲の神も根負けして、いずれは認めてくれるのではないか。出雲は縁結びの神様だし、きっと自分たちを永遠に繋いでくれるはずだ。

くっくっと笑って、叶野は目尻に溜まる涙をひと差し指で拭う。神様だって温かい涙を流すのだ。

今夜の神様連合会は、絶対に酒盛りだ。

# 遠き春の夜の果てに

「なあ、デビュー作の献本、もう届いたか？　読ませろ読ませろ」

「ふふ、ちょっと恥ずかしいかな……でも、叶野《かのう》さんにはほんとうにお世話になったから……はい」

手渡されたのは、手触りが楽しいざらりとした紙を使ったハードカバーだ。虹のかかる夜に桜が舞い散るという幻想的なイラストが美しい。

『遠き春の夜の果てに』

そんなタイトルの下に、久住優弥《くずみゆうや》、と銀箔で箔押しされている。

「へえ……綺麗な本だな」

「デザイナーさんと担当さんが頑張ってくれたおかげです。デビュー作をこんなに綺麗にしてもらえて、僕、果報者ですね」

弥生《やよい》の夜、叶野は御神酒《おみき》を呑んで実体化し、優弥のアパートを訪れていた。来月、この本が全国の書店に並ぶところを想像するとなんだか自分のことのように嬉しい。

優弥が出してくれた缶ビールを呷《あお》り、ひと息ついて表紙をめくる。ぱらぱらとページを繰っていくと、遠距離恋愛を楽しみ、悩み、葛藤する男女が浮かび上がってくる。

仕事の都合で遠くに住むことになった恋人を想う女性の心情は思っていた以上に子細に書かれ、揺れ惑う彼女のこころが手に取るように伝わってきた。

初めて優弥の小説を読んだ際の拙《つたな》さ、ぎこちなさは、もうここにはなかった。ただ、みずみずしさと小気味のいい緊張感はある。なにせデビュー作なのだ。

「よく言うじゃないか。デビュー作にその作家のすべてが詰まってるって。この本はいわばおまえの分身だ。おまえの最初の気持ち、作家としての矜持《きょうじ》や覚悟が全部ここにある。書店に並ぶ日が楽しみだ。神様連合会のみんなに伝えて、あちこちの書店を見て回ってもらおうか」

「そんな、申し訳ないです。普段からお忙しい神様たちなのに僕の本のことで手を煩わせるなんて」

「逆だ逆」

「逆？」

「確かに神様としての本業はあるが、日がな一日社にこもって町のみんなの願いごとに耳を傾けている立場だ。出かけられる口実が欲しいだろ？　おまえの本が一冊でも多くの読者に読んでもらえるよう、書店さん参りしてやるよ」

「営業さんみたいです」

可笑しそうに肩を揺らす優弥が椅子を引きずってきて、隣を陣取る。それから、本を開いている叶野の手元をのぞき込んできた。

「なんだかまだ夢みたいです……自分の書いた話が形になるなんて。叶野さんのおかげですね」

神様に願いごとをしたから、と言いたいのだろうけれど、それは違う。ひと差し指で優弥の鼻先をつつき、「おまえが頑張ったからだよ」と言う。

「俺はおまえの背中を押しただけ。実際にキーボードを叩いてその頭から物語を生み出したのは、優弥、おまえ自身だろう？　もっと自信持てよ」

「……うん」

不安なのか、照れてるのか。横顔をちらりと見ると、目縁《まぶち》がうっすらと赤く染まっている。それがひどく可愛く見えたから、肩を抱き寄せ、そっと瞼《まぶた》にくちづけた。

「叶野さん……」

「本を出せるってすごいことだぜ、優弥。俺も生きてる間は本好きだったけど、書こうという気持ちはさらさらなかった。ただ、小説家ってもんに憧れはあったな。どんなふうにして物語を創り出すんだろう、どんなふうにキャラに命を吹き込むのか。おまえはまだ若いから大人の恋愛の複雑さを書くのは難しいかもしれないけど、いましか書けない輝きだってあるんだ。若いからこその勢いって大事だと思うぞ」

それから優弥の顎《あご》をやさしく掴み、こちらを向かせる。

「おめでとう、久住優弥先生。もっともっと力をつけて、たくさんの経験をして、楽しい物語を書いてくれ。神様でも、本は読めるからな」

「はい。精一杯頑張ります」

あどけない笑みを見たら我慢がきかなくなる。さらに抱き寄せてくちびるを重ね、甘く吸い上げた。出会ってからもう何度もくちづけているのに、優弥はいつもぎゅっと瞼を閉じる。このあと叶野が仕掛ける愛撫を想像するからだろう。

ちゅ、ちゅ、と軽くくちびるをついばみ、しっとりと表面が潤ったところで舌を挿し込んだ。

くちゅりと絡み付けると両腕の中にすっぽり収まった優弥がびくんと身体を震わせる。そうして叶野の胸に手をあてがい、顔を傾けて、叶野の与えるキスに溺れていく。

優弥の舌先は敏感で、軽く嚙んだだけであえかな吐息が漏れる。どこかせつなげなそれを満足げに呑み込み、叶野は舌を深く搦《から》め捕《と》って擦りつけた。ちいさな口腔内を蹂躪《じゅうりん》すると優弥はぶるぶると震え、ぼうっと色香に潤んだ目で見上げてきた。

「ベッド、行くか?」

「……はい」

こくんと頷く年下の男が可愛い。目一杯溺愛してもまだ足りないぐらいだ。同じ男なのだからやわらかな場所はすくないが、それでもいまの叶野は恋人の感じる場所をたくさん知っている。たとえば首筋。優弥の口に指を含ませながら首筋をねろりと舐めていけば、「あ……」と蕩けた声が上がった。

「おまえ、ここ好きだよな」

「……っう、ん……」

なめらかな皮膚を軽く食みながら肩を抱いて立ち上がり、奥のベッドへといざなう。ぽすんと並んで腰を下ろし、勢いで組み敷けば、涙目の優弥のくちびるが悩ましげに開いたり閉じたりしている。

「俺に抱かれるの、好きだろ」

「……叶野さん、意地悪い……」

「そりゃな。好きな子はいじめたくなるもんだろ？　おまえの甘い声をもっと甘くして、いやだいやだと言ってもやめないで、もっとしてって言うまでしてやる。今夜はとくに。優弥先生の本が世に出るお祝いだ」

「も……ばか……」

叶野にされるがままに衣服を脱がされた優弥がぶるりと身体を震わせる。弥生の夜はまだすこし寒い。暖房をつけているし、ふたりで抱き合っていればそのうち互いの体温で気にならなくなるはずだ。

裸をさらす優弥に覆い被さり、もう一度べろりと首筋を舐め上げ、そのまま鎖骨へと舌を這わせていく。しっかりと斜めに切り込んだ骨の在処を確かめるようにちろちろと舐め、ときおり冗談っぽく歯を立てた。硬い骨は叶野と同性のものだ。だからこそ屈服させたくなるし、可愛がってもやりたい。愛情と欲情は背中合わせだ。

「綺麗な肌だ」

「そ、んな……普通、だと思います、けど……」

「俺にとっちゃ最高の身体なんだよ。どこもかしこも囓《かじ》って舐めて、蕩かしたくなる。同性相手にこんなことを思ったのはおまえが初めてだ。罪作りだよな、優弥は」

「ん、ん、っ」

鎖骨にたっぷりと唾液をまぶし、つうっと指先で胸を引っかく。ちいさな尖りは軽い愛撫に反応し、ツキンと根元から勃《た》ち上がっていた。ほんのり朱色に染まるそれを真っ赤になるまで嚙み潰し、舐り回すのが叶野は好きだ。

最初はくすぐったいと身をよじっていた優弥だが、最近では指でピンと弾いただけで身体を戦《おのの》かせる。

尖りを指で捏《こ》ね回し、ちゅうちゅうと先端を吸い上げた。彼に聞こえるように、わざと派手に。

「や、や……そこ……っあ……むずむず、する、から……」

「気持ちよくなってきてんだろ?」

「んぅ、あ、あっ……」

「嚙むのと舐めるのと、どっちがいい?」

「う……」

「答えないとやめちゃうぞ」

言葉どおりくちびるを離すと、真っ赤な顔をした優弥が慌てながら両手を差し出してきた。

「や、……やめちゃ、やです……」

「じゃ、どっちだ？」

「……どっちも、好き……」

「どっちか、だ」

上目遣いに睨まれたって平気だ。だってその目は欲情に濡れているから。

「か……噛まれる、の……好き……」

「わかった」

ちいさな乳首を指でつまんで勃たせ、カリッと嚙る。途端に優弥の身体が跳ねた。いい反応だ。乳首が真っ赤にふくれるまでがじがじとやさしく噛みつき、ときおりいやらしくねっとりと乳暈ごと舐り回す。緩急をつけたのがよかったのだろう。身体を重ねていた叶野は、恋人の下肢に熱がこもり始めているのを知り、ちいさく笑った。自分だって同じようなものだ。

吸って、噛んで、転がして。舌先での愛撫に堪えきれなくなった優弥がしゃくり上げ出す。下肢を押さえ付けられているから窮屈なのだろう。焦れったく腰を揺らしたことに気づき、そこに手を伸ばすと、しっかりと芯を持っていた。

初めはそうっと丸みのある亀頭に触れる。ひと差し指でくるくると撫で回して鈴口をくすぐると、優弥はもどかしそうに腰を揺らし、間断なく甘い喘ぎを聞かせてくれる。

「や、っ、や、その、さわり、かた……」

「やらしくていいだろ？　実体を持ってる間はしたいことを全部しなきゃな」

「ん、ぅ」

とろっと滴がこぼれ出してきて、竿にすべり落ちていく。じゅわじゅわと溢れ出す蜜を助けに輪っかにした指でくびれをきゅうっと締め付ける。そこで軽く上下させれば、優弥の息がますます浅くなった。いいのだろう。薄い胸を激しく波立たせる優弥の先端にくちづけ、ちゅぷ、と口に含んだ。

「あ、あ、やぁ……っ！」

亀頭を咥《くわ》え込まれた優弥は力なくシーツを蹴り、形ばかりの抵抗を見せる。感じている表情を見せたくないのだろう。交差させた両手で顔を隠してしまうが、そこで手を止める叶野ではない。くぷくぷと浅く入れたり出したりして、尖らせた舌先で鈴口を甘く抉る。

「んぁ、あっ、あ、かの、う、さ……っ」

「敏感だな、優弥。もうぐしょぐしょだ」

「いわ、ない、で……！」

腰をよじって逃げようとする優弥をがっしりと摑んで引き戻し、今度はもっと深く咥え込む。浮き立った筋を丁寧にちろりと上から下に舐めていき、蜜の味を確かめながら下生えを指でかき回す。同じ男でも彼のここは薄く、舐めやすい。くさむらをいたずらっぽく歯で扱き、ツンと引っ張ると、びくっと腰が浮き上がる。他愛ない愛撫でも、優弥には酷なのだろう。双玉も片方ずつ口に含んで丁寧に転がす。息も絶え絶えな優弥の窄《すぼ》まりを探ると、火照《ほて》っている。とろとろした先走りと唾液で濡らした指でそうっとそこを探り、縁をやさしく撫でた。

「ッ、あ……！」

期待と不安をない交ぜにした声に俄然盛り上がってしまう。叶野に抱かれる悦《よろこ》びを覚えた身体はいつまでも初々しい。かりかりと縁を引っかいて刺激を与えてから、濡れた指をゆっくり押し込む。はぁ、と深く息を吐き出した優弥の中は熱く、ひくひくとまといついてくる。この媚肉の心地好さを知ったら、もう神様に戻れなくてもいいと思うほどだ。ぐるりと中をなぞって上壁をむずむずさせてやり、たまらない疼きを植え付ければ優弥の声が断続的に高くなる。

「いい子だな優弥。もう、いいか？」

「ん、……ん、きて……」

急いで服を脱ぎ落とし、存分に解したそこに切っ先をあてがった。圧迫感は相当のものだろう。傷つけないとこころから誓って、時間をかけて腰を進めていった。

「ア、ア、……ッ……ん、んん！」

「く……っ、締まりがいいな」

「だ、って、あ、あ、……や、そこ、こすったら、……っ」

中程まで押し込んでずくずくと抉《えぐ》ると、いいところに当たるらしい。優弥が泣きじゃくりながら背中に手を回してくる。

「かの、う、さ……ん……すごく、……熱い……」

「ああ、俺もだ」

びっちりと絡み付いてくる肉襞のこころよさに負けてぐぐっと穿《うが》った。頭の芯まで蕩けそうだ。奥へ奥へと誘い込む身体に驚嘆しながら、優弥にくちづけ、熱を分け与え合う。舌先を軽く噛んでやると奥がきゅんと締まり、狂おしいほどに叶野を追い詰める。傷つけないと誓ったが、高みへと連れていってやりたい。できれば一緒に。

「は——……あっ……あぁ……っ……」

「もっと奥に欲しいだろ」

「ん……」

こくこくと頷く優弥が顔を真っ赤にしているのがいじらしい。男を受け入れるのはきついだろうに、覚えたての快感も手放せない。そんな優弥がたまらなく愛おしくて、叶野は彼の両膝を摑んでぐっと押し込んだ。

「あ……！　そ、こ……あ、あ……っ」

「ここがおまえの一番奥だ。わかるか？　俺がおまえの一番深いところまで挿《はい》ってる。気持ちいいな、優弥」

「ん……んっ……いい、……きもち、いい……」

つたなく腰を揺らす優弥がキスを求めてくるので、激しくくちびるを貪った。ゆっくり愛そうと思っても、欲しすぎてだめだ。ぐりぐりと最奥に亀頭を擦りつけて嬌声を上げさせ、抜き挿しを激しくする。

「くそ、よすぎる……」

「んぁ、あっ、あっ、も、だめ、おねがい、きちゃ、う、なんか、きちゃ……っ」

「一緒にイくか？」

「イきたい……っ」

耳たぶを嚙みながら突き上げ、あちこち捏ね回し、潤う中が一層きゅうっと深く締め付けてきたところで優弥が必死にしがみつきながら「いっちゃう……！」と掠れた声を上げた。

「優弥……！」

互いの腹の間で擦れる優弥の性器が引き締まり、熱を弾けさせるのと同時に、叶野も獣のように大きく身体を震わせ、どくりと撃ち込んだ。意識のすべてが飲み込まれそうなほどの快楽に頭の底がじぃんと痺れ、息が荒い。

媚肉の隅々にまで精液をみっちりと塗り込むのに夢中になってしまう。

肩を大きく上下させながら達したばかりの熱い身体を何度も何度も抱き締め直し、「好きだ」と呟いた。

「優弥……優弥、好きだ。おまえだけが欲しい」

「……僕も。僕の全部を叶野さんにあげます」

「いまもらったばかりなのにな」

互いに顔を見合わせてくすりと笑い、甘いキスを交わす。神様へと転生したご褒美として、この優弥をもらったようなものだ。神様であるかぎり、彼を守り、愛し抜きたい。

「おまえの小説も、ハッピーエンドだったよな。俺たちもだ」

「朝が来てもこうしていられたらいいのにな……。僕、叶野さんとゆっくりブランチを食べてみたいです」

「あー俺も。今度、昼間に肉体が持てる秘技がないか、大野《おおの》さんか片桐《かたぎり》さんに聞いとくよ。なんたって俺は神様だからな。やってできないことはない」

「頼もしいです」

目尻を解いた優弥が視線を絡めてきて、強く抱きついてきた。

「だーいすき……」

甘く消えるその声に、また火が点きそうだ。

「こら、いまの声は反則だ」

「え？　……え？　叶野さん、……もう？」

目を丸くしている恋人に笑ってキスし、叶野は再びゆるりと動き出す。甘い時間なんて、いくらあってもいいものだ。声と声を混じり合わせて、夜明けまでずっと。

外では桜の蕾《つぼみ》が弾けるのをいまかいまかと待ち構えている頃だろう。

春の夜の果てに、叶野はやわらかな熱を持つしっかりとした身体に沈んでいった。

あとがき

　こんにちは、または初めまして。秀香穂里です。ルチル文庫様では初めての本となります。

　なにがいいかな〜とあれこれ考えた末に、町内会に住む神様をメインにするのはどうだろう？　と思い立ち、この話になりました。久しぶりに攻め視点で書いたのですが、とても楽しかったです！　出会った瞬間恋に落ちちゃう神様、自分で書いていても可愛くて。受けの優弥もお人好しながら芯はしっかりしていて、これまた書き甲斐がありました。神様連合会の面々も楽しく書いたので、少しでもお気に召していただければ嬉しいです。

　美麗なイラストで彩ってくださった六芦かえで先生。叶野と優弥の色香と可愛さはもちろんのこと、神様たちゃうさんくさい奴らまで素敵に仕上げてくださり、感謝してもしきれません。こんなに可愛い優弥なら、叶野神様が惚れちゃうのも無理ないですよね……！　お忙しい中ご尽力くださり、ほんとうにありがとうございました。

　担当様。素っ頓狂な設定にもかかわらず、書かせてくださり、ありがとうございました。とても楽しく仕上げられた一冊となりました。

　そして、この本を手に取ってくださった方へ。最後までお読みくださり、ほんとうにありがとうございます。地元の神様にちょっとでも親しみを覚えるような話になっていたらいいなと願っています。よければ編集部宛にご感想をお聞かせくださいね。

　それでは、次の本で元気にお会いできますように。

✦初出　溺愛神様と恋はじめます……………書き下ろし
遠き春の夜の果てに……………………書き下ろし

秀 香穂里先生、六芦かえで先生へのお便り、本作品に関するご意見、ご感想などは
〒151-0051 東京都渋谷区千駄ヶ谷 4-9-7
幻冬舎コミックス　ルチル文庫「溺愛神様と恋はじめます」係まで。

幻冬舎ルチル文庫

溺愛神様と恋はじめます

2021年7月20日　　第1刷発行

✦著者　秀 香穂里　しゅう かおり

✦発行人　石原正康

✦発行元　株式会社 幻冬舎コミックス
〒151-0051 東京都渋谷区千駄ヶ谷 4-9-7
電話 03(5411)6431［編集］

✦発売元　株式会社 幻冬舎
〒151-0051 東京都渋谷区千駄ヶ谷 4-9-7
電話 03(5411)6222［営業］
振替 00120-8-767643

✦印刷・製本所　中央精版印刷株式会社

✦検印廃止


ISBN978-4-344-84892-4　C0193　Printed in Japan